rororo

rororo

Bei Vautrin herrscht eine völlige Respektlosigkeit gegenüber dem ewigen Kampf zwischen Gut und Böse. Der Mörder wird natürlich entlarvt, aber gerade da beginnt der nervenkitzelnde Countdown, der weder zu einem Happy-End führt noch gängige Leseerwartungen erfüllt. Schauplatz des Romans sind die Vorstadtbetonsilos von Paris. Anonymität, Trostlosigkeit, Stätte des Rückzugs für an den Rand der Gesellschaft gedrängte Existenzen, Keimzelle obskurer Begierden und Gewalt.

Jean Vautrin, geboren 1933 in Lothringen, 1989 mit dem Prix Goncourt ausgezeichnet, ist Romancier, Krimiautor, Filmregisseur, Sprechblasenlibrettist und Weltreisender. Er pendelt zwischen dem «Seriösen» und «Trivialen». Darauf gründet sich sein großer Erfolg in Frankreich und jetzt auch in Deutschland.

Jean Vautrin

Billy-ze-Kick

Kriminalroman

Deutsch von
Christiane Kayser

Rowohlt Taschenbuch Verlag

Veröffentlicht im Rowohlt Taschenbuch
Verlag GmbH, Reinbek bei Hamburg,
Februar 1999

Originaltitel: Billy-ze-Kick

Umschlaggestaltung C. Günther / W. Hellmann
Illustration: Hendrik Dorgathen
Satz Berling PostScript (PageOne)
Gesamtherstellung Clausen & Bosse, Leck
Printed in Germany
ISBN 3 499 22423 2

Prolog

Er hieß Hippo – wie Hippolyte.

Er war schizo – wie schizophren. Er war siebenundzwanzig. Vielleicht dreißig. Schwer zu sagen, abzuschätzen. Wegen dieses seltsamen, wie aus Würfeln zusammengebauten Gesichts. Eine geometrische Figur, in der zwei eng aneinanderliegende Augen zusammenlaufen hin zu einer Nase, die kein Ende findet. Lang ist sie, lang und wahnsinnig spitz.

Mal stellte er sich tot, mal pumpte er sich voll Leben. Er machte dann jähe Bewegungen, die von den Propellern seiner langfingrigen Hände verstärkt wurden. Er trug eine Brille, eine Brille, die langsam, Stück für Stück, an seinem abschüssigen Zinken herabrutschte.

Hippo hatte immer schon Bücher verschlungen. Im Rausch, mit Hingabe. Er hatte jede Menge Prüfungen bestanden. In Kunstgeschichte, auch in Englisch. Er war der geborene Musiker. Über die Maßen begabt, vor allem für Cello.

Er hatte an einer Privatklitsche französische Literatur unterrichtet. Sechs Monate lang. Keinen Tag länger und nie wieder. Das war im übrigen die einzige Zeit, in der er seinen Unterhalt selbst verdiente. Es war allerdings schlecht ausgegangen.

Er war sehr bald seinen Phantasiegebilden erlegen. Wieder wegen dieser merkwürdigen Fähigkeit, dieser Gabe, andere in sie einzubeziehen. Vor allem Kinder.

Er schien auf die gleiche Wellenlänge gepolt wie sie. Hauptsächlich wie die kleinsten. Die noch nicht von der Vernunft und von den Ratschlägen der Erwachsenen verraten worden sind.

In seiner Lehrzeit hatte er eine Bande gebildet. Angeworben hatte er sie aus der achten Klasse, humanistischer Zweig, Griechisch-Latein, wenn Sie verstehen …

Die lieben Kleinen waren umstandslos zu erstklassigen Söldnern im Dienst seiner Wahnvorstellungen geworden. So hatten sie in der Kapelle alle Plastikverzierungen abgerissen, in die Weihwasserbecken gepinkelt und fast alle Kühe umgebracht, die die Gemeinde mit Milch versorgten. Auf seinen Befehl hin, durch seine Macht.

Er wurde entlassen. Seine Mutter hatte vor Schmerz die Arme gerungen. Danach hatte er sein Leben im Herzen des Sozialbunkers wieder aufgenommen, fünfter Stock, vom Fahrstuhl aus rechts.

Manchmal tat er stundenlang nichts. Rührte sich nicht. Oder kaum. Er verstrickte sich in eine seltsame Welt mit bizarren Umrissen, träumte, träumte und fand kein Ende. Nur Gähnen. Wach schlafen.

Ab und zu stand er plötzlich auf, ging zum Fahrstuhl und schloß sich darin ein.

Und dann war da vor allem die Sache mit der Karapian gewesen. Letzte Woche, eben erst letzte Woche. Fast hätte er die Opernsängerin erdrosselt. Ein für allemal. Auf die sanfte Tour, aber beharrlich.

Das erklärt auch, warum ihn seine Mutter – die Arme ringend – an jenem Morgen zur Untersuchung gebracht hatte.

Die Psychiater hatten ein klares Urteil gesprochen. Der beunruhigendste seiner Befrager hatte seiner Mutter wörtlich erklärt:

«Madame, eine solche Hyperformalisierung des Denkens bei Ihrem Sohn, sein Exzeß an Wortspielen, von Hölzchen auf Stöckchen, Neologismen und Paralogismen läßt nur den Gedanken an die geistigen Prozesse der Schizophrenen zu.»

«Mein Gott! Was ist da zu machen», hatte seine Mutter gefragt.

Sie bewies ausnahmsweise gesunden Menschenverstand. Doch Gott ist nun einmal ein Hindernis für das rechte Fortschreiten der Wissenschaft, und der Arzt hatte ihn mit einer unbestimmten Handbewegung gen Himmel abgetan. Er hatte eine Sphinxmiene aufgesetzt, ein Gesicht, als habe er zwei. Er hatte sich hinter seinem Schreibtisch am Nabel gekratzt. Dann hatte er davon gesprochen, das ICH des jungen Mannes von der traurigen Gestalt – den letzten ‹Unterschlupf der Seele› – zu zerstören.

Womit er sich ins eigene Fleisch schnitt, im Glauben, das anderer zu ritzen, in seiner Verbissenheit, seinen Patienten um jeden Preis auf eine Triebmaschine reduzieren zu wollen.

Hippo verspürte keinerlei Trieb nach seiner Mutter. Sie, die Arme, verstand nur noch Bahnhof. Das sah Hippo genau. Es tat ihm sehr leid.

Er war jedoch wirklich daran interessiert, daß man sich ernsthaft über ihn unterhielt. Die Meister der psychiatrischen Kunst malten mit irrem Talent seine Syndrome aus. Daß er täglich zwei Stunden lang ununterbrochen hin- und herging und nur bei jedem zwanzigsten Schritt einatmete, erschien ihnen von höchster Eleganz.

Als er ihnen von den Bäumen erzählte, gaben sie ihm recht. Er erklärte ihnen, er liebe nur die mit gigantischem Geäst. Die mit vierzig Meter hohen Kronen. Die Stolzen. Die aussehen, als signalisierten sie Verzweiflung. Die amerikanischen Eichen, die Affenbrotbäume, die libanesischen Zedern. Kurz, die Bäume, die sich von der Welt abheben und die Distanz nutzen, um sie besser zu beherrschen.

Zu all diesen Theorien wackelten sie mit den Köpfen und sagten nur: Ja, ja, ja.

Als er ihnen schließlich versicherte, sein größter Wunsch sei, fliegen zu lernen, schienen sie enttäuscht. Sicher fürchteten sie, ihn endgültig zu verlieren. Sie fragten ihn, wie er gedenke, die Gitterstäbe seines Käfigs auseinanderzubiegen und seine Flügel auszubreiten. Er weigerte sich, hierauf zu antworten. Er schwieg. Lange.

Einer der Ärzte setzte eine unendlich sanfte – von Ernst und Nachdenken geprägte – Miene auf:

«Hippolyte, Sie müssen verstehen. Das ist alles nur ein Traum. Eine Flucht vor der Wirklichkeit.»

«Ja», antwortete der. «Aber ich habe mir schon immer Geschichten erzählt. Als Kind zerstreute mich das.»

Seine Mutter griff ein. Immer im falschen Moment, dachte er.

«Mein Kleiner, das ist wie der Fahrstuhl. Erzähl den Herren. Erzähl vom Fahrstuhl.»

«Nein», sagte er. Und zog sich in sich zurück. «Nein. Der Fahrstuhl ist nur ein Trostpflaster. Die Frauen hindern mich am Wegfliegen. Nur die Frauen.»

Die Stimme eines Seelenbastlers kam aus dem gepolsterten Schweigen:

«Nun, die Schizophrenie, die wir kennen, über die wir gearbeitet und Studien veröffentlicht haben, wird von den meisten Wissenschaftlern als endogene Krankheit betrachtet. Ihr Determinismus ist zweifellos biochemisch. Er ist wahrscheinlich genetischen Ursprungs.»

So sprach er.

Um die Wirkung seiner Worte zu überprüfen, fügte er in aller Einfachheit hinzu:

«Wer assoziiert denn heute noch Schizophrenie mit dem Ödipus?»

Er verschob einen pyramidenförmigen Briefbeschwerer.

Hippo sagte ruhig:

«Ich hasse meine Mutter.»

Das Wort war ausgesprochen.

Seine Mammi begann, vor Schmerz die Arme zu ringen. Das tat sie mit Vorliebe, seine Mutter. Sie verknotete sich.

Erst abends spulte sie die gespannte Feder ihrer Hände ab – das Gewinde ihrer großen Angst.

Jetzt waren die Ärzte in ihrem Element. Ohne jede Scham. Als existierten Hippo und seine Mutter gar nicht. Sie redeten vom Ödipus wie von einem guten Nachbarn. Wie man sich über ‹die Maria› oder ‹den Joseph› unterhält. Bei ihnen war es eben der Ödipus. Die gute Frau war aus dem Rennen. Der schlaksige junge Mann auch.

Sie kamen zu der Schlußfolgerung, der Ödipus sei ein bürgerliches Trauerspiel: ‹Eine Schöpfung des Wiener Kleinbürgertums.›

Sie stritten sich ausgiebig, wie Bäcker um einen Blätterteig.

Der Tag versank hinter der Skyline und spannte große spanische Schattenwände im Sprechzimmer auf. Die Stimmen suchten sich darin, wie mitten im Vogesenwald. Die Ärzte erschienen wie verirrte Reisende, die sich fragen, ob es besser ist, an Ort und Stelle einzuschlafen oder auf die Rote Sonne zu warten.

Hippo hatte die Nase voll und gähnte los.

Daraufhin beschlossen die Ärzte, ihn zur Beobachtung dazubehalten. Sie schickten seine Mutti mit vielen ‹liebe, gnädige Frau› nach Hause.

Hippo ertrug sie vierundzwanzig Stunden lang.

Er wußte nicht mehr, welchen Mythos er anrufen sollte. Ein Glück, daß er noch seine Einbildungskraft hatte.

Dennoch überkam ihn am übernächsten Tag, einem Donnerstag, große Lust, Julie-Berthe wiederzusehen, und so sprang er aus dem Fenster der Klinik.

1

In Cahors hielt der «Capitol» fast überhaupt nicht.

Bellanger hatte schon immer zwei linke Hände gehabt. Diesmal – ihm sollte auf ewig unklar bleiben, wie er das wieder geschafft hatte – verklemmte sich seine leichte Bambus-Angel, Marke *Perrault*, quer in der Abteiltür. Im gleichen Augenblick krächzte der Zwei-Sterne-Eisenbahner der Eß Enn Zeh Eff:

«Cahor-sse, eine Minute Aufenthalt!»

Weiteres unverständliches Magenknurren überflutete den Bahnsteig aus mehreren Lautspuckern.

Da er ein gefühlsbetonter Mensch war und die eiligen Leute im Rücken spürte, verlor Bellanger die Nerven und die Rute brach. Ganz durch. Direkt am Korkhandgriff. Ein irreparables Unglück gewissermaßen.

Er fand sich, seine Bambusstange beweinend, auf Gleis 3 wieder, behindert von seinen Koffern, einer Tasche mit Angelzubehör und einem Paar Fischerstiefeln.

Wenn das Ganze jemand anderem passiert wäre, hätte er es witzig gefunden. Doch sobald es ihn selber traf, hatte er keinerlei Sinn für Humor. Er mochte es nicht, wenn man sich über ihn lustig machte. Er ertrug es nicht. Es beleidigte ihn, es ließ ihn aus der Haut fahren.

Das hing sicher damit zusammen, daß er eine drollige Visage hatte. Aber es kam vor allem daher, daß er furchtbar kurzsichtig war. Als Kind hatten sie ihn lange für eine Null in Gymnastik gehalten. Er war nur gut am Seil gewesen. Weil man mit den Augen bei der Sache ist, nahm er an. Bis sie ihm dann eine Brille besorgten. Sofort war er schneller gelaufen und hatte Fortschritte gemacht – vor allem in französischer Geschichte.

«Du wirst Gymnasiallehrer», sagte sein Vater, ein alter Sozi.

Und er war Beamter geworden.

Aber auf einem anderen Gebiet. Einem ganz anderen.

Sicherlich, um sich zu bestätigen. Weil seine Mitschüler, seine Kommilitonen, sich über ihn lustig machten. Weil nicht eine junge Frau ihn ansehen konnte, ohne daß sich ein Netz von Lachfältchen um ihre Augen spannte. Weil er spürte, daß er wie eine Kartoffel aussah. Weil er graue Sergeanzüge mit passenden Waschlappentaschen trug.

Er hatte, immer noch, widerspenstige Haare, einen steifen Gang und von unzähligen Gegenständen ausgebeulte Taschen. Beim Gehen bewegte er den rechten Arm im Takt mit dem rechten Bein. Das hatte immer alle um ihn zum Lachen gereizt.

«Na, Bellanger? Wieder mal im Paßgang?» hatte ihn der furztrockene Spieß angemacht.

Nein, Spaß beiseite, der Gleichschritt in der Armee hatte ihm große Probleme bereitet.

All diese Fallgruben hatten Charles Bellanger jedoch nicht daran hindern können, in seinem zweiundvierzigsten Lebensjahr das Bändchen der Ehrenlegion an sein *Bodygraph*-Jackett zu nähen. Das war vor zwei Jahren gewesen. An jenem Tag hatte er sich ein neues Paar Schuhe gekauft, die gesammelten Werke von Marcel Proust und eine *Mitchell*-Angelrolle. Er hatte außerdem sein altes Brillengestell aus Horn gegen ein vornehmes aus blitzendem Metall ausgetauscht.

Es war Juli im Départment Lot. Er hatte seinen Urlaub zur Hauptferienzeit genommen. Bevor die Transparente wieder aufblühten. Es würde einen glühend heißen Herbst geben. Die Studenten schnaubten vor Unruhe. Die Facharbeiter scherten aus. Es würde etwas unternommen werden müssen.

Warum in den Lot? Sein Vater war zwar ein Bellanger aus Niederburgund, doch seine Mutter war eine Castagné aus Saint-Félix. Gemeinde Valprionde. Distrikt Montcuq.*

* Montcuq, lautmalerisch: mon cu = wörtl. mein Arsch, umgangssprachl. auch: denkste!

Und man sollte ja nicht über den Namen dieses Dörfchens spotten. Die Fräuleins von der Post sind da sehr empfindlich. Das versteht sich. Man stelle sich nur vor, wie schwer es ihnen fallen dürfte, etwa folgenden Dialog zu führen:

«Hallo, Cahors? Gib mir Montcuq ... (bei der Post duzt man sich) ... was? Montcuq ist besetzt? Bist du sicher, Cahors? Rufen Sie doch noch mal an, mein Herr.» Montcuq ist belegt.

Und übrigens spricht man es anders aus: Mont wie Venusberg und Cuque mit stummem E. Im Dorf selbst lacht niemand mehr darüber. Im Café-Tabac hängt nur noch eine vulgäre Postkartenreihe aus, die Bellanger seit etwa zwanzig Jahren sammelt.

Er nahm seine Sachen und ging zum Ausgang.

Auf dem Bahnhofsvorplatz explodierte das Sommerlicht und weißelte die Platanen. Er setzte sein Gepäck hin. Nahm seine Brille ab. Was er noch sah, waren impressionistische Flecken. Eine blaue Pfütze für den Himmel, lustige Blasen darum herum und der Akzent der Leute, die sich in Okzitanisch begrüßten. Er putzte seine Brillengläser – ein Tick, von dem er sich nie hatte freimachen können.

«Habe die Ehre, Herr Kommissar ...»

Sofort nahm er Haltung an. Kehrte den Städter heraus. Setzte die Brille auf. Es war Firmin Marcenac, der ihn abholte.

Er hielt die Baskenmütze in der Hand, sein hager-kahler Kopf saß auf einem gestreiften Hemd, die Höflichkeit der armen Leute wog schwer auf seinem Körper; er beugte sich etwas nach hinten, den Leib in eine Jagdjoppe gezwängt. Vorher war er Bauer gewesen. Erst nach dem Krieg hatte er sich Federn, Häuten, alten Karren und Schrotthaufen zugewandt. Heutzutage, mit all diesen Parisern und Engländern, die die Gegend aufkauften und neokolonisierten, war er bei der Wanduhr, dem Kupferkessel, dem bronzenen David, dem Kajütenbett und der Louis-Philippe-Kommode gelandet.

Firmin hatte schon immer denkwürdige Autos besessen. Ruinen, die aus einem Verlorenen Land zu kommen schienen. Bellanger hatte ihn schon mit gasbetriebenen *Rosalies* erlebt, mit einem *Bugatti* mit Riemenverschluß, einem *Panhard-Levassor* mit Eckfenstern und Armlehnen nebst Troddeln, einem *Hotchkiss* mit bewunderungswürdigen, unter dem Lenker eingebauten Hebeln, dem Amphibienfahrzeug einer in die Flucht geschlagenen Armee und einem Reisebus, der exotische Aufschriften trug, die noch nach verlorenen Kolonien schmeckten: Espalion, Saint-Afrique, Villefranche de Panna.

Nagelschuhe glitten über nacktgescheuerte Pedale und gaben Saft. Firmin holperte mit dem Wagen auf die Höhen des Plateaus. Beide Insassen schienen in den Tiefen des alten 201-Cabrios Schwimmbewegungen zu machen. Aus der Schnauze des *Spider* deuteten die Angeln auf die Wolken, mit jeder Kurve auf eine neue.

«Heutzutage sind diese ‹Antiquitäten› ein Vermögen wert», ließ sich der Mann aus der Wüste verschmitzt vernehmen.

Das Tal wurde zur Erinnerung. Auf ins Land der Stolzen, in die Causse.

Die Erde errötete, die Bäume verkrümmten sich, das Gestein wurde löchrig. Die Wacholdersträucher standen in engen Reihen Spalier für die Drosseln. In den Tiefen der Täler spiegelten sich die bäuerlichen und doch edlen Landhäuschen, von ihren Dachstuben gekrönt, im Licht. Um die Höfe herum standen die Zypressen Gewehr bei Fuß, und die Amseln zankten. Auf den Hängen der farnbegrünten steinigen Hügel wechselten Trüffeleichen und Ahorn mit Buchsbäumen und von Pflugscharen hinterlassenen kahlen

Spuren. Je nach Wegbiegung kamen streifenweise Roggen, fünf Reihen Rebstöcke – unregelmäßig wie Greisenzähne – und fünfzig Schafe mit schwarzen Ohren ins Bild. Auf einer kurzen Geraden erschloß sich ein großes Weizenfeld, aus dem Ringeltauben aufstiegen. Sie kreisten in schöner Eintracht über einer Schlucht, wagten einen Höhenflug und stürzten sich ohne Vorwarnung in eine schattige Ecke, in die das Auge kaum drang.

Es war heiß. Bellanger schwitzte. Er hatte Nierenschmerzen.

Es wurde Zeit wegzufahren, dachte er. Zeit, die Sozialbunker abzuschütteln.

Die Käfigstadt schrumpfte in seiner Erinnerung. Er war nah an einer Depression. Wenn er an seinen Mitarbeiter Chapeau dachte, juckte ihn ein Anflug von schlechtem Gewissen. Dem hatte er die ganze Last aufgebürdet. Er hoffte nur, daß während seiner Abwesenheit nichts passieren würde. Echt, dieser Typ hatte ja nun wirklich das Wasserkochen nicht erfunden.

Seine Müdigkeit wurde durchsichtig. Sie wandelte sich zu einer unbestimmten Schwermut, die hier nicht gefragt war. Absolut keinen Sinn mehr hatte.

«Sie werden sich ausruhen. Heute kommen Sie doch zum Abendbrot», sagte Marcenac.

«Ich möchte nicht stören.»

«Das wäre ja noch schöner! Das ist doch keine große Sache! Der Tisch ist immer gedeckt.»

Ein Raubvogel kreiste über der Kirche von Saint-Félix. Bellanger erkannte einen Turmfalken. Ein Adler, wie die Leute hier sagten. Die alte Karre ächzte in der Kurve, es schien, als ob die Karosserie geradeaus weiterrollen und das Fahrgestell seinem Schicksal überlassen wollte. Eine schwarzgekleidete Alte mit einem Strohhut stand inmitten eines Vierecks aus Kürbissen. Die von Nußbäumen umrahmte Straße führte den Hang hinab, und schon sah der Kommissar sein Haus.

Home, sweet home, wie Shakespeare ausgerufen hätte. Er hatte auch eine Zypresse, eine Amsel, einen gemauerten Brotofen und im Dachstübchen eine Dame Blanche, ein Nachtvogel, der mehr Mäuse fing als jede Katze. Bellanger fühlte, wie der Dialekt ihm wieder in die Kehle kroch. Sehr bald würde er sich Gänse-Confit genehmigen. Er würde sich Rühreier machen, schwarz vor Trüffeln, und sich die Gurgel mit ein paar Tropfen Clos de Gamot benetzen – dem besten Cahorswein.

Er sagte sich auch: Auf in die Ferien. Ich bin jung, ich bin schön. Nieder mit den Bullen, den Sozialbunkern, den Verkehrsstaus, der Kohle, dem Kleinscheiß und dem Polizeitrott.

Er setzte seine Brille ab.

Er nahm einen Anlauf und sprang, vier Stufen auf einmal nehmend, zu seinem Häuschen hoch. Er fühlte sich poetisch. Ja, so fühlte er sich. Oder quasi.

In diesem Augenblick, rumsbums – wie im wirklichen Leben –, fiel er auf die Fresse und schrie vor Schmerz. Die grüne Eidechse, die vor der Haustür in der Sonne Wache schob, kam mit drei schnellen Schritten auf ihn zu und blieb stehen. Sie hatte sich seit drei Jahren hier niedergelassen. In Bellangers Kopf formte sich eine Erkenntnis, die ihn vor Bestürzung erstarren ließ: Auch Echsen können sich kaputtlachen.

Der Kommissar stand auf, rieb sich die Hände, tastete seine Wade ab und schrie:

«Dir mach ich den Garaus, Klaus!»

Doch die Eidechse war nicht mehr da. Sie hatte andere Erdwürmer zu rupfen.

2

Ich bin sieben.

Ich heiße Dsulie-Berthe. Großes Ds, ie am Ssluß. Berthe nach meiner Oma aus Angoulême. Und danach kommt noch was. Mein Familienname: Chapeau. Jaha, wirklich Chapeau. Ein lächerlicher Name, ich will gar nicht mehr daran denken. Ich geb lieber gleich ßu, daß ich für mein Alter lange Füße habe, Größe 34. So, nun braucht ihr mir deswegen nicht mehr blöd ßu kommen.

Ich bin rothaarig und lisspele.

Das ist wegen der auseinandersstehenden Ssähne. Aber ich kann lesen. *Oliver Twist* ist nicht sslecht. Besonders wenn es den Hintern voll gibt. Und *Marie Cloire* auch. (Vor allem das farbige Titelblatt und das Riesenposter.)

Mein Vati ist Bulle. Er ist die rechte Hand von Herrn Bellansser, meinem Paten. Vati sagt, wenn ich meine Intelligenß entwickele, werde ich es noch weit bringen. Falls mich nicht die Ssweine fressen und mit ihren dreckigen Pfoten nach meinem Allerwertesten grabssen. So nennt mein Vati meinen Hintern. Ein ssöner Mann für sein Alter, Herr Chapeau. Sson achtunddreißig. Mit Glanß und Gloria. Ein bißchen klein isser ja, aber er reckt sich. Ein ssöner Ssnurrbart. Und Wirbel in den Haaren. Fast hätte ich es vergessen! Er hat einen Sswanß, hart wie eine Sstange. Ein Prachtsstück, sagt Mammi. Sie muß es ja wissen. Die treibt sich vielleicht was im Bett rum, am Wochenende.

Mammi ist rothaarig und hübss – mit lauter modissen Fummeln. Ich seh sie mir oft an, wenn sie ihr Ssaumbad nimmt. *Fenjala* tut se rein. Irre sanfte Haut. Ssön braun, meine Mammi. In einer durchsichtigen Wanne. Sie blubbert im blauen Wasser. Wie in der Glotße.

Ich klopf nicht an, nee, tu ich nicht. Ich geh einfach rein. Ich gucke und bleib sstehn. Laß mir kein Blässchen entgehn. Die hat vielleicht Busen. Alles was recht iss. *Triumph* und Kompanie. Und dann ihre Mussi.

Ach, ich ssteh so auf Dsudsus Mussi! (Dsuliette heißt sie.) Sspäter mal werde ich auch so eine haben. Mit honigfarbenen Härchen. Echt, wenn die Bienen das mitkriegen könnten, sähen die Lindenblüten, Sstiefmütterchen und Klatssmohne aber alt aus! Da würde ßum Halali auf meine Dsudsu, meine Dsuliette geblasen. Auf sie mit Gebrüll! So ssön ist das. Jaha, sie ist süß, so süß ihre Mussi und alles, alles, ganß alles.

Ich bin ein glückliches kleines Mädchen.

Wie die Made im Sspeck. Ich hab nur einen Fehler: Ich bin besessen. Besessen von der Ssüttelrutsse. Das hat Vati gesagt. Er hat ßiemlich gessimpft. Da hab ich gleich losgeheult. Aber ich muß ßugeben: es stimmt, der Mann hat recht.

Ich kann mir nicht helfen: Ich muß die Mussis und Sswänße ansstarren. Muß ich hingucken. Die bei uns ßu Hause und auch die anderen. Die der Nachbarn und Kumpels.

Hippo ist mein bester.

Mein Freund. Mein Verlobter, sollte ich besser sagen. Wir versstehen uns.

Wir reden sstundenlang. Ssmieden Pläne. Die Erwachsenen sagen, Hippo ist verrückt. Aber auf mich hört er. Er ist sanft. Ganß sanft. Wir werden noch im Ehebett landen. Ich bin die einßige Frau, die er liebt. Er wartet auf mich, denn ich bin noch ßu jung ßum Bumsen. Er achtet mich.

Nicht wie Edouard.

Der ist so was wie unser Diener. Unser Bote. Er hilft uns. Läuft hin und her. Er ist erst sechs. Karottenrot. (Ich bin eher veneßianissrot, sagen die Leute.) Für Hippo würde er sich totsslagen lassen. So sehr bewundert er ihn. Er glaubt besstimmt, daß Hippo ein Obermacker ist, der größte Makker, ein cooler Typ eben.

Mein dritter Kumpel, Alcide, ist sson ein sehr altes Haus.

Ich besuche ihn oft. Sein Fall ist ganß ssön seltsam. Ein Fall von höherer Gewalt. Er wohnt in einer lusstigen Hütte. Alle wollen sie ihm die Bude einreißen. Um noch mehr Hochhäuser hinßubauen. Er will aber nicht. Er hängt an der Ssolle. Deshalb klammert er sich fest und empfängt die Architekten und Landvermesser mit der Knarre. Er ist so etwas wie ein Mohikaner. Der letßte.

Um auf das Sswanßbegucken ßurückßukommen, die Leute reagieren unterssiedlich. Manche mögen es. Andere wieder nicht. Dann verdrück ich mich. Ich sspioniere. Meine Leidenssaft ist das Sspionieren. Sslüssellöcher, Guckritßen, Ssmuseecken, Rumpelkammern, das ist mein Ssuhause. Ich verkriech mich und warte.

Sstundenlang. Aber die Bräute, die Häschen, die Nuckel, die Tunten, die Onkels und Tanten, keiner entgeht mir. Ich gaffe, weil ich darauf ssteh – yippie yeah.

Daher kenn ich auch den Sswanß von Alcide, den von Hippo und den kleinen von Edouard. Ed übertreibt es übrigens. Er will, daß ich ihn anfasse. Er ist mir unglaublich verfallen. Doch mich interessiert das nicht. Weil er doch in meinem Alter ist. Kommt nicht in die Tüte. Vati wird nicht wollen. Wenn Vati nicht will, läuft nix. Bei den Mussis ssiele ich vor allem auf die von Madame Achère, der Pförtnersfrau. Die kenne ich auswendig. Aber das ist eine Gotteslässterung. Noch nie so was Jämmerliches gesehen. Jetßt geh ich ihr aus dem Weg. Ssu mies, ßu alt, meine Liebe.

Plötßlich frage ich mich, wieso ßähle ich sie euch eigentlich einßeln auf. Ich kenne alle Dinger im Wohnturm.

Außer einer Mussi.

Eine einßige entgeht mir. Die möchte ich auch angaffen. Weil sich mir da doch einige Fragen sstellen: Es ist die von Miss Peggy Sspring.

Eine neue Nachbarin, 1 m 75, Waden aus Betong, ein beraussender Hintern und toll gessminkt. Die Augen immer hergerichtet. *Max Factor* und Co. Ach, ich wüßte es so gern. Ich gäbe auch meine Lutsser für die ganße Woche her, nur für einen Blick, einen einßigen kleinen Blick.

Aber nein, nix ßu machen. Erstens passen unsere Sstundenpläne nicht. Bei mir normalerweise die Ssule (ich hatte gerade Ferien), sie kommt und geht sspätabends. Doch was macht die Dame überhaupt so im Leben? Keinen Ssimmer. Der Sache muß ich auf den Grund gehen.

Noch was.

Kürßlich habe ich mich in ihre Wohnung gesslichen. Sie war im Treppenhaus von der Alten Achère, der Türssteherin, aufgehalten worden. Als sie sich von der ollen Mistgabel loseisen konnte, hatte ich mich sson in ihrem Wandssrank verssteckt. Ich linse hinaus. Ich sstarre. Sie legt einen Sstriep Ties hin. Ich äuge. Und Sseiße! Ich Blödmann hab mich bewegt. Sie dreht sich um. Sieht mich. Wird knallrot. Sstreift ssnell, ssnell den Rock wieder herunter. Und dann? Ich sage es lieber nicht. Ssu peinlich. Sie knallt mir ein paar runter, mit Ssmackes! Fast haut es mir den Kopf ab, ich sswörss euch. Die hat vielleicht Kraft!

Ich hab ausgiebig und sehr laut geheult! Das hat gewirkt bei dieser blöden Kuh. Sie hat sich gessämt. Hat sich über mich gebeugt. Wir haben ßusammen Fanta getrunken. Ich mußte ihr sswören, es nie wieder ßu tun. Ich habe alles verssprochen, was sie wollte. Wir haben besslossen, niemandem etwas davon ßu sagen. Eine Sache nur unter uns beiden. Unter Frauen. Sie hat mir Ssokolade, kolossale, Ritter Ssport gegeben. Und ich bin wie ein liebes kleines Mädchen nach Hause gegangen. Seither haben wir uns öfter getroffen. Wir haben uns angefreundet. Ich erßähle ihr alles. Sie würde mir sstundenlang ßuhören. Vor allem, wenn es um Billy-ße-Kick geht.

Und er macht hier und er tut da und tralali und tralala.

Aber euch kann ich es ja sagen: Die Mussi von Miss

Sspring kriege ich auch noch ßu sehen. Ganß besstimmt. So wahr ich Dsulie-Berthe heiße.

3

Hippo wühlte in der rechten Tasche seiner Wolljacke. Wie eine Schöpfkelle holte seine Hand eine Faustvoll verwaister Gegenstände hoch. Er hockte sich nieder, breitete seine Beute aus. Er gönnte den Schlüsseln, Schrauben, dem Foto von Marylin, dem Bleisoldaten, der Schnur, den beiden Heftklammern und dem Bleistift keine Beachtung. Er nahm sein Taschenmesser, ein *Gimel* mit Geige. Eine hervorragende, im Untergang begriffene Marke. Er ließ es mit nur einer Hand aufschnappen – zwischen Daumen und Zeigefinger. Dann klappte er die Klinge an seiner Hüfte hoch. Er begann ein am Boden aufgesammeltes Streichholz zurechtzuschnitzen.

Und schob das Ganze in seine Tasche. Stand auf. Fing an, sich die Nägel zu putzen. Genau vor dem Fahrstuhl.

Das Licht blinkte auf.

Er zählte stumm bis hundertvier. Genau. Da hörte er auch schon die Kabine. So wußte er, daß es seine Mutter war, die aus dem fünften Stock herunterkam.

Kaum war die Tür aufgeglitten, rang sie die Arme. Sie sah aus wie *Die weinende Frau* von Picasso, doch das wußte sie nicht. Es kam ihm vor, als überrage er sie um ganze dreißig Zentimeter.

Er schob mit dem Zeigefinger seine Brille hoch, die ihm ständig die Nase hinunterglitt.

«Warum bist du weggelaufen?» sagte sie.

Beim Sprechen bewegte sie sich um ihn herum. Ihm wurde ganz schwindlig.

«Es gefällt mir nicht bei denen. Da verdient es keiner, daß man mit ihm redet. Übrigens ist die Tagesschwester dumm wie Bohnenstroh. Stell dir nur vor, ich hab sie auf Malerei angesprochen: Sie hält Anselm Kiefer für einen neuen Badeschaum. Völlig daneben.»

«Aber ... ich hab dir doch Bücher geschickt. Die magst du doch so gern. Du hättest arbeiten können. Für dich ganz allein. In aller Ruhe ...»

«Die Nachtwache schnarcht ... Ihr Busen ist so gewaltig. Er zittert ... Ich halt's nicht aus ... Echt, ich ...»

«Schon gut. Reden wir nicht mehr davon. Du kommst jetzt mit hoch. Ich muß in der Klinik anrufen.»

«Das ist nicht nötig. Ich geh da nicht mehr hin.»

«Aber, mein Junge ...»

«Ich bin nur gekommen, um mein verdammtes Cello zu holen.»

«Du hättest mir nur eine Zeile schreiben brauchen ... Ich hätte es Eugène für dich mitgegeben. Samstag. Allerspätestens Samstag.»

Sie hörte auf, um ihn zu kreisen. Ihm war irgendwie kotzübel. Vielleicht hatte er auch Luft im Magen, möglicherweise aus Nervosität.

«Ich möchte nicht mit in die Wohnung hochkommen.»

«Du solltest dich doch ausruhen. Du siehst zum Fürchten aus. Du könntest in der Diele bleiben ... Auf dem Sofa, wenn du magst.»

«Nein. Ich seh übrigens nur bei der Beleuchtung so aus. Ich fühl mich prima.»

«Hippo, wenn ich jetzt hochfahre, bleibst du dann hier? Wirst du lieb sein? Sag, wirst du lieb sein?»

«Ja, ja. Ich geh nicht weg. Wenn du mich hier nicht findest, ich bin im Fahrstuhl.»

Horror.

So viel Beklemmung wie bei seiner Mutter gab's nicht noch mal. Sogleich drehte sie sich auf dem Absatz um.

«Hippolyte, mein Kleiner, du fängst doch nicht wieder

damit an? Du wirst doch niemandem was antun? Wir werden doch nicht wieder Ärger bekommen?»

Er gab zu erkennen, daß er selbstverständlich nicht ... Sie tastete sich rückwärts in die Kabine vor. Rang die Hände. Und einen Fuß.

Mechanisch rieb sie sich die Wade. Sie wurde von der Schiebetür verschluckt. Das Licht blinkte wieder auf. Bei hundertvierunddreißig hörte es auf. Hoch dauerte es länger.

Kaum stoppte das Fahrstuhlseil, tauchte auch schon die Concierge, Madame Achère, auf.

Ihr Strohhut hatte die Flucht nach vorne angetreten. Voll Anteilnahme rückte der junge Mann seine Brille hoch auf die Nase. Er streckte die Arme ungefähr zum Hut hin, um ihn hochzuschieben. Eine Handbewegung, die nur in seinem Kopf stattfand. Er wagte nicht, sie auszuführen.

Sie sah ihn forschend an.

Es war eine stumme, gebieterische Musterung, die von einer leichten Kinnbewegung verstärkt wurde. Er setzte sich sogleich in Bewegung und öffnete die Tür für die Dreckschleuder von Achère. In einer Hand hielt sie ein Baguette und eine Flasche H-Milch. In die andere hatte sie den Henkel des leeren Mülleimers geklemmt.

Sie wankte in die Kabine. Ohne ein Wort des Dankes. Oder irgendein anderes. Sie hatte ihn wiedererkannt. Sie wünschte nur eins: Er möge die Tür zumachen. Statt dessen:

«Ich werde Sie begleiten, Madame Achère ... ich werde Ihnen behilflich sein. Mit all diesen Tüten ... Ihrem Hut, der sich davonmacht ... und ich fahre ja sowieso hoch.»

Er betrat ebenfalls die Kabine. Sie drückte sich sofort in die hinterste Ecke. Er kam auf sie zu. Sie machte eine Abwehrbewegung. Ihr Ellbogen schnellte hoch, um ihr Gesicht zu schützen. Er hob die Hand. Sie glaubte, sterben zu müssen. Bevor sie auch nur einen Schrei ausstoßen konnte, hatte er schon den Hut der gelben, schimmligen Achère zurechtgerückt. Er nutzte die Gelegenheit, ihr ein munteres Lächeln zu schenken und das Gleichgewicht ihres Deckels genauer auszubalancieren. Er tat dies mit aller Sorgfalt und mit seiner Zungenspitze zwischen den Zähnen. Auch schob er seine Brille hoch.

Die ganze Zeit sagte sie keinen Ton.

Sie kauerte genau unter dem Firmenschild der Fahrstuhlbauer. Da stand: *Flohr Otis*. Es gibt jede Menge berühmter und anonymer Paare in unserem Gebäude. Sagte sich Hippo.

Roux und Combaluzier, Jacob und Delafon, zum Beispiel. Er versuchte sich die Tragödien ihrer Trennungen vorzustellen. Im Geiste verfaßte er ein Katastrophentelegramm. So in der Art:

FLOHR, KOMM WIEDER! VERZEIHE ALLES

GEZEICHNET OTIS

Er grinste.

Gleichzeitig sah er Madame Achère an. Sie war dabei, vor lauter Schiß ihre Milch zu Butter zu schlagen. Es wurde höchste Eisenbahn, daß sie oben ankamen. Er schob das Gitter zurück. Es schien, als würde sie vom Treppenhaus aufgesaugt.

Hippo blieb allein zurück und schloß die Tür. Er wartete. Wartete, daß man ihn rief. Er lieferte sich dem Zufall aus. Er wischte seine feuchten Hände ab. Zählte bis sieben. Der Aufzug surrte und fuhr nach unten.

Er gab einen Rülpser von sich, groß wie ein Fünf-Francs-Stück. Er fühlte sich erleichtert. Sicher hatte er vor lauter Nervosität viel Luft verschluckt.

Er fragte sich, ob heute wirklich Donnerstag war. Er war sich da nicht so sicher. Er redete sich ein, die Hand, die den Rufknopf gedrückt hatte, wäre die von Marilyn Monroe.

Ganz sein Typ. Die Sorte Frau, mit der er liebend gern zur Sache gekommen wäre. Wie im Kino würde sie auf einem Entlüftungsschacht stehen. Ihr weißer Rock würde an ihren Oberschenkeln hochflattern. Sie hätte diesen kurzsichtigen Blick. Ohne jegliches Wissen um das Herzflattern von unsereins, trüge sie eine orangefarbene Unterhose. Einen fröhlichen Hintern. Würde rufen:

«Hellooooo ...»

Kunstvoll würde sie sich bis zum Notsitz schlängeln. Er verlöre den Kopf. Er sänke nach hinten, betäubt vom Duft jenes berühmten No 5, ihr wißt schon.

Er schloß die Augen. Als unschuldiges Opfer gab er sich der köstlichen Folter hin. Er hörte, wie sich die Tür öffnete. Leichte Schritte trippelten. Das Gitter schnappte zu. Der Fahrstuhl fuhr nach oben. Er klappte die Augen auf.

Sofort machte sein Herz eine Fehlzündung. Bum Bu Di Bum, statt Bu Bu Bum mit Nachhall in den Halsschlagadern.

Es war Juliette Chapeau. Die Mama von Julie-Berthe. Hippo fühlte, wie ihm das Wasser wellenweise in den Handflächen zusammenschlug. Während der Fahrt wurden sie zu Sümpfen. Diese Frau war schwindelerregend. Hoch gewachsen, sinnlich, mit einer Pfirsichhaut, die zum Ablecken einlud. Der schlaksige Junge konnte den Blick nicht von ihrer üppigen Brust wenden.

Hippo war überzeugt: mit dieser Frau, nur mit ihr, würde er sich von der unheilbaren Schüchternheit befreien können, die ihn krank vor Aggressivität machte.

Überraschend blickte sie ihn an. Auf frischer Tat ertappt, flüchtete er sich in das Gegenteil dessen, was er hätte ausdrücken wollen: «Ich erlaube Ihnen nicht, meine Füße so eingehend zu mustern», sagte er.

Der Fahrstuhl hielt auf der Stelle an.

Sie verließ ihn nicht sofort. Er spürte es genau, sie hatte

keine Angst vor ihm. Plötzlich streckte sie die Hand aus und streichelte seine Wange.

«Sie entschuldigen mich, Hippolyte», murmelte sie, bevor sie aus der Kabine trat.

Sie ließ ihn mit ihrem Parfüm zurück. Betäubt vor Erregung. Er war im achten Stock. Hippo drückte auf den Knopf. Der Aufzug glitt davon, wurde schneller und hielt erst im elften an.

Der schlaksige junge Mann trat auf das Terrassendach des Gebäudes. Er umrundete einen Kamin.

Hier sah man über die Stadt. Ein Betonwald. Am Horizont war eine Armee von Masten aufmarschiert. Als Träger menschlicher Machinationen kreisten sie die Sozialbunker mit ihrer Hochspannung ein. Wider Willen wandte sich Hippolytes Blick zu den Straßenzügen. Sie schnitten sich im rechten Winkel. Er sah eine Menge normaler Leute blockweise auf den Zebrastreifen gehen. Sie hielten sich als Gefangene an den Rhythmus der Verkehrsampeln. Roboter, ohne es zu wissen. Grün die Hoffnung. Rot das Blut. Er atmete tief ein.

Schwer beladen mit Haß auf die ganze Welt, sah er zur Kirche hin.

---------4

Zur gleichen Zeit putzte Kommissar Bellanger im Département Lot auf seiner sonnenüberfluteten Terrasse seine Brillengläser. Er setzte die Brille wieder auf und begann langsam mit dem Herumkriechen.

Die grüne Eidechse schien in den unbeweglichen Stein gegossen. Bellanger legte noch einige Meter zurück. Er hielt an. Lud seine *Manhurin 7,65* und zielte sorgfältig. Eine vom Wind verwirrte Biene machte eine Notlandung auf dem Visier, gerade als er abfeuerte. Der Schuß knallte.

Die Eidechse Klaus tat einen gewaltigen Sprung, als habe sich die Erde unter ihr aufgetan, und verschwand zwischen den Yuccas.

Die Detonation hallte von Mäuerchen zu Mäuerchen und kam als Echo wieder.

«Ist da jemand? ... Ist da jemand? ... Ist da jemand? ...», brüllte eine verängstigte Stimme. Bellanger stützte sich auf einen Ellbogen.

«Hallo da oben», erkundigte sich die beunruhigte Stimme.

«Hallo», antwortete der Kommissar.

Es war Gabrielle Montauzin, die Frau, die er liebte. Beschämt erhob er sich ganz.

«Dir mach ich den Garaus, Klaus», murmelte er. Dann errötete er wie ein junges Mädchen und lief zu seiner Dulcinea.

5

Im Herzen der Sozialbunkerstadt trippelte eine Braut mit kleinen Schwebeschritten aus einer Betonkirche. Sie strahlte und drückte den Arm ihres frischgebackenen Ehemannes.

Plötzlich knallte ein Schuß, nicht heftiger als ein klappernder Fensterladen. Tauben flogen auf.

Die Braut hielt inne, als übermanne sie eine erdrückende Erschöpfung. Sie versteifte sich wie eine Puppe und schien in der Mitte durchzubrechen. Rollte drei Stufen hinunter und stoppte elegant. Ein Windstoß fegte ihr den Schleier herunter und vergitterte ihr Gesicht. Ein roter Fleck breitete sich auf ihrer Brust aus. Blut. Knallrotes, eher heiter wirkendes Blut.

Als er sah, daß sie tot war, lief der frischgebackene Ehemann los, ohne zu wissen wohin, wie ein Huhn, dem man gerade den Kopf abgeschlagen hat. Alle Hochzeitsgäste taten es ihm gleich, aus Angst im Kugelhagel umzukommen. Es gab Geschrei, mehrere leichte Stürze, ein Kind rief Mamma, und jede Menge Gladiolensträuße lagen verstreut am Boden. Inmitten der weißen Pracht blieb die Braut allein zurück.

Der Killer betrachtete sie durch sein Zielfernrohr. Er sagte sich, für einen Hochzeitstag sei das Ganze doch irre traurig. Schlagartig wurde ihm klar, daß er sich am allerliebsten auf die Leiche der jungen Frau gelegt und ihren Körper in Besitz genommen hätte. Er hätte mit dieser unbenutzten Toten schlafen wollen. Er war plötzlich sicher, daß er sich selbst übertroffen hätte. Er fühlte sich stark. Durch seine Tat zum Mann geworden. Unangekündigt stieg eine heiße Welle in sein Geschlecht. Und schwappte über. Er schüttelte sich zitternd.

Er kam wieder zu sich, als er seinen unter sich kauernden Schatten betrachtete. Er mußte von dieser Terrasse runter, bevor man ihn entdeckte. Er mußte genau tun, was er sich vorgenommen hatte. Nichts anderes. Er durfte den Kopf nicht verlieren. Er durfte nicht auf seine Gefühle, seine Empfindsamkeit, noch auf Improvisation vertrauen. Nicht nur, um nicht erwischt zu werden. Vor allem, um wieder zuzuschlagen.

Jeder Mensch hat doch wohl ein Recht auf seine Lust, oder?

6

Er war Bulle und hieß Clovis Vergil Désiré Chapeau. Clovis wie der Franke, Vergil wie der Dichter und Désiré, weil ihn sein Vater herbeigesehnt hatte. Aber er zog Roger vor. Das war ein besserer Rufname.

«Himmel, Arsch und Zwirn, verfluchte Hundescheiße»,

schimpfte Clovis vor sich hin und fügte für sich selbst hinzu: So ein Pech auch, ebenmäßige Züge haben und nur einen Meter dreiundsechzig groß.

Er litt sehr unter seiner kurzen Gestalt. Unter seinem Mangel an Stattlichkeit. Daher auch sein Schnurrbart (wie er übrigens bei der Polizei viel getragen wird), daher auch die ausgestellte Rotzigkeit, die er an den Tag legte, sobald er allein mit sich oder seinen Untergebenen war. Kurz, sobald er nicht mehr zu Hause war.

Sein Herz zuckte plötzlich zusammen, als ihm das Ausmaß seiner Verantwortung dämmerte. Seit Bellangers Abfahrt stand er einer ganzen Schlafstadt vor. Einer Art kosmopolitischem Universum. Einer Stadt, wie man sie nie wieder bauen würde. Das hatte die Regierung angekündigt. Denn sie waren ein Schlag ins Wasser, die Sozialbunker. Jene Herren hatten ihren Irrtum etwas spät erkannt. Das Leben war einfach zu grau in diesen Dingern. Alle waren für sich und keiner sprach mit dem anderen. Ein Ghetto aus Kaninchenställen, Kakteen, abgestotterten Autos und Mietfernsehern.

Chapeau klingelte energisch. Er ließ sich die Post von seiner schlampigen Nutte von Sekretärin bringen. Olga hieß sie. Er behandelte sie wie den letzten Dreck. Er sagte ihr, sie müsse sicher mal ordentlich durchgefickt werden. Er fragte, warum zum Teufel sie wie angewurzelt da stehenbliebe. Warum nicht woanders? Ob sie ein Ei in seinem Scheißbüro legen wolle – oder was? Ob das wohl der richtige Ort dazu sei? Und, bei näherer Überlegung, sei es das sicher nicht.

Dann tat er, als sei sie nicht mehr da. Sie stolperte rückwärts aus dem Büro. Sie gönnte sich den Luxus, die Tür zuzuknallen. Sobald sie der Gehässigkeit ihres Chefs nicht mehr ausgesetzt war, streckte sie ihm die Zunge heraus.

Der nunmehr vereinsamte Clovis seufzte tief. Er steckte

sich den Finger in die Nase. Ach, dieser Schnupfen! Scheiß drauf.

Er öffnete ein Revolverblatt.

Setzte an, einen Artikel von Dabbelju Scottfield (oder so) zu lesen, ‹Wie vergifte ich Tauben schmerzlos›, da, als er bei der ersten Spalte unten angekommen war, stieß er auf einen Kasten. Das hatte ein echt psychologisch geschulter Typ verfaßt. Einer mit Durchblick. Ein Mediziner. Ein Altruist. Zuerst war da der Titel: ‹Die Schüchternheit bezwingen›.

Clovis sah darin ein Zeichen des verdammten Himmels.

Darunter stand: ‹Nie mehr Angstzustände, Minderwertigkeitskomplexe, Mangel an Ehrgeiz und diese undefinierbare – moralische und psychische – Lähnung, die Sie um die Freuden des Erfolgs und der Liebe bringen.›

Himmeldonnerwetter, wenn das nicht sein Fall war. Auf der Stelle verschlang er den Text: ‹Entwickeln Sie bei sich die Autorität, die Selbstsicherheit, den Wagemut, den persönlichen Einfluß, die Fähigkeit, Erfolg im Leben zu haben, Freunde zu gewinnen und glücklich zu sein – mit einer angenehmen, einfachen Methode, einem – unsichtbaren – wirklichen Training des Geistes, des Körpers und der Nerven.›

Er schlug die Illustrierte zu.

Seiner Meinung nach hätte der Typ in der Mitte seines allzu langen Satzes einen Doppelpunkt machen müssen, doch er sagte sich, daß das, so Gott will, die Wirksamkeit der Methode nicht im geringsten mindern würde.

Er nahm ein leeres Blatt und schrieb sofort an das angegebene Postfach. Er legte einen Scheck und zwei Briefmarken für die Antwort bei. Stante pede schickte er seine verrottete Sekretärin mit dem Brief zur Hauptpost. Eingeschrieben, wenn ich bitten darf, und marsch, marsch, und nicht im Blindschleichentempo! Scram! Beat it! wie Sinatra gesagt hätte.

Er hieb seine Rechte in die Handfläche der Linken. Echt, er war scharf auf die Antwort.

Danach fühlte er sich besser. Er ließ Cordier kommen. Seinen Sündenbock. Ein erst letzten Monat beförderter junger Polizeiobermeister. Ein Karrierist, gegen den er tiefes Mißtrauen hegte. Eher links eingestellt, wie er das einschätzte. Recht unpassend in der Polizei, nicht? Fehl am Platz, fehl am Platz, das war der richtige Ausdruck.

Cordier erschien in seinem üblichen Aufzug: langhaarig und ohne Krawatte.

«Chef», legte er los, «ich muß Sie sprechen. Es ist dringend.»

«Später. Jetzt hören Sie mir erst mal zu.»

«Aber ...»

«Kein aber. Sie setzen sich hin und sind still. Da Sie nun einen Monat lang unter mir arbeiten werden, muß ich Ihnen ein Briefing über unseren Sektor geben.»

«Das ist es ja, also ...»

Clovis gab ihm keine Chance. Prinzipienfrage. Er spulte ab, was er sich vorgenommen hatte. Einen Vortrag, mit dem er seine Autorität unterstreichen, zeigen wollte, daß er auf der Höhe war, ein Analytiker seiner Epoche.

«Hier, mein kleiner Cordier», begann Inspektor Chapeau, «hier sehen wir uns zwei Problemen gegenüber ...

Erstens, das der Ausländer. Ich bin kein Rassist, nein, wirklich nicht, aber ehrlich gesagt – was wollen all diese Kanaken denn hier bei uns? Sagen Sie mir das mal. Die Frauen gehen ja noch. Geben ein buntes Bild ab. Im allgemeinen mit prallem Arsch und viel Holz vor der Hütte. Ihre Haut ist glatt, und an mir soll es da nicht liegen. Die kleinen Sarottimohren gehen auch noch mit durch. Aber die Macker ... Echt, die Macker, bei grauem Wetter sehen die dreckig aus. Im Ernst, Cordier, zum Kotzen. Sie werden mir sagen: Die können doch nichts dafür. Ich antworte Ihnen darauf:

Wir waren zuerst bei denen, klar. Aber wir sind da weg. Nicht so ganz einfach, klar. Aber wir hatten gute Gründe. Jedenfalls sind wir da nicht mehr ... Also sagen Sie mir – unterbrechen Sie mich nicht –, was wollen die noch hier bei uns? Arbeit – okay –, aber da sollen sie sich nicht wundern, daß wir ihnen die Drecksarbeit überlassen, die wir selbst nicht machen wollen. Und siehe da, die fangen an zu protestieren, in die Gewerkschaften einzutreten, Forderungen zu stellen! Daß wir so etwas erleben müssen. Das schlägt dem Faß die Krone ins Gesicht.»

In diesem Moment machte P.O.M. Cordier, dem während der ganzen Sache der Unterkiefer heruntergefallen war, Anstalten, den Finger zu heben und das Wort zu ergreifen, aber Chapeau ließ sich das Wort nicht nehmen.

«Moment mal, bitte schön, lassen Sie mich weiterreden, Herrgott noch mal!»

Wenn das so war, beschloß P.O.M. Cordier, sich einen Spaß daraus zu machen. Er machte eine Handbewegung über die Schulter, die so viel hieß wie: Scheiß doch drauf! Wenn man nicht auf ihn hören wollte, würde er eben schweigen. Er zog eine Schnur mit Bernsteinkugeln aus der Tasche und versenkte sich in ihre Betrachtung.

Inspektor Chapeau stürzte sich in den zweiten Teil seines Vortrags:

«Zweitens – die Jugendlichen. Das ist schwerwiegend. Wir sind alle betroffen. Alle. Die Reichen, die Armen und selbst Kommissar Bellanger.

Sicher, als Witwer hat man es nicht leicht (vor zwei Jahren hat er seine Frau durch einen furchtbaren Verkehrsunfall verloren), und wenn der Junge noch eine Mutter hätte, würde er sich sicher nicht so benehmen – aber, dennoch, dennoch, diese Gören wachsen uns über den Kopf. Der Sohn des Kommissars ist ein Linksradikaler. Ein Linksradikaler, Cordier! Ein gefährliches Element. Schon zweimal verhaftet. In Beaujon hat er im Kahn gesessen. Aktenkundig. Es ist schrecklich für seinen Vater.

Zum einen – als Vater. Zum anderen – karrieremäßig. Manchmal sagt Bellanger es selbst: ‹Es ist zum Heulen, Roger.› Und das geht mir nahe. Das rührt mich tief. Ich glaube, das ist der Grund, warum ich ihn gebeten habe, bei meiner Julie-Berthe Pate zu sein. Sie nennt ihn Pate Charles. Sie vergöttert ihn. Da fällt mir ein! Ich muß Julie-Berthe daran erinnern, dem guten Charles eine Postkarte oder ein Briefchen zu schicken. Das wird ihn freuen da unten, in der hintersten Ecke des Lot. Habe nie verstanden, warum er dahin fährt. Da gibt's doch nur Geröll. Hab ich ihm mal gesagt. Einmal und nie wieder. Denn er wurde unglaublich wütend:

‹Sie Knallkopf werden das nie verstehen›, röhrte er. Und das vor der Truppe. Eine wahre Katastrophe.»

Plötzliche Stille. Chapeau war außer Atem. Am Ende seiner Inspiration. Das Büro war klein. Clovis machte Licht. Sie sahen sich an.

P.O.M. Cordier begann mit dem rechten Bein zu hibbeln wie ein Irrer.

«Müssen Sie pinkeln, oder was?»

«Nein, Herr Inspektor, nur – wie ich schon vor längerer Zeit bemerkte, habe ich Ihnen etwas Dringendes zu sagen!»

«Sehen doch, das jetzt nicht der Moment ist», heulte Chapeau auf. «Lassen Sie mich ausreden. Wo war ich stehengeblieben? Ach ja! Eins sollen Sie noch wissen: Man kann es zu etwas bringen. Dafür bin ich ein leibhaftiges Beispiel.»

Hier hob Cordier ein Augenlid. Ein Lachsignal blitzte darin auf. Inspektor Chapeau tat, als sähe er es nicht.

«Ich habe bei Null angefangen. Alles selbst aufgebaut. Ich bin nicht unfehlbar, aber das Wesentliche habe ich begriffen: Man muß sich in eine Ordnung fügen. Die Ordnung ist das einzig Wahre. Hören Sie?»

P.O.M. Cordier nahm Haltung an zum militärischen Gruß. Er erhob sich zackig und stampfte scharf mit der Sohle auf das Spiegelparkett, wie ein Horse-Guard.

«Yes, Sir!»

Clovis verabscheute es, wenn man sich über ihn lustig machte. Und genau das tat jetzt dieser Klugscheißer.

«Sagen Sie, Cordier? Lesen Sie immer noch diese abscheuliche Zeitschrift? Dieses Schmierblatt? Dieses Dingens, das Sie zum Lachen bringt und Ihnen stundenlang den Schluckauf verpaßt?»

«Charly-Hebdo, Sir? Ja – Hicks! –, und der Inhalt wird immer prophetischer ... Hicks!»

«Wie denn das, bitte schön?»

«Die schreiben – Hicks! –, daß wir ganz schön in der Scheiße sitzen werden, Sir. Hicks! Mit Verlaub, Sir.»

«Wo ist denn da der Zusammenhang?»

«Nun, sie ist am Dampfen, Sir. Die Kacke meine ich. Seit einer halben Stunde haben wir ein Verbrechen am Hals.»

«Ach, du gottverdammte grüne Hosenscheiße! Konnten Sie das nicht eher sagen?» verschluckte sich Clovis. Er rannte zum Kleiderständer, schraubte sich seinen Zylinder auf, schneuzte seine Nase und verabschiedete sich von der Dame:

«Olga, notieren Sie alle Nachrichten! Ich verbiete Ihnen, zum Mittagessen nach Hause zu gehen! Die Kerle von der Telefonzentrale haben Ausgangssperre! Einen Bus, schnell! Einen Wagen. Einen Panzer, einen Tieflader, irgendwas, mein Gott!»

Das stand bereits alles vor der Tür. In Schwarzweiß, mit Blinklicht, Sirene und Tatü Tata.

Unterwegs versank Clovis tief in Gedanken.

Endlich ein Licht am Ende des Tunnels. Ein Fall! Ein Fall nur für ihn. Er sah Bellanger vor sich, gelb vor Neid. Oft sah ihn der Kommissar seltsam an. Er putzte seine Brillengläser

– (das nervte Clovis), schielte ihn von der Seite an und sagte mit seiner ausgewogenen Stimme:

«Im Grunde genommen sind Sie gar nicht mal unsympathisch, Roger, doch Sie sind ein Faschist. Durch und durch. Erzreaktionär.»

Nun, sein Chef war ein Tattergreis. Clovis aber erinnerte sich an den Weg, den er zurückgelegt hatte. Von der Pike auf. Hatte sich durchgeschlagen. Viele Nächte in Hauseingängen durchgewacht. (Er nieste heute noch.) Zuerst war er Verkehrspolizist gewesen. Dann Bereitschaftsdienst, und nach und nach hatten sich die da oben gesagt: Sieh an, Chapeau ist schon, ohne sich bitten zu lassen, an Ort und Stelle geeilt. Sieh an, Chapeau hatte vorausgesehen, was jetzt passiert ist. Übrigens, Chapeau, Sie sagen doch ja wegen des Nachtdienstes am Wochenende? Und Clovis sagte ja. Immer nur ja. Hundertprozentig ja ... Bis man ihn dann in den Zivildienst versetzt hatte. – Chapeau! Sie sind doch psychologisch versiert, sehen Sie sich den Heini auf diesem Photo an. Sie werden ihn verfolgen. Bis zum Gehtnichtmehr. Und das Ergebnis war die Verhaftung der Blaukittelbande gewesen. Die Postzugspezialisten. Ein Monat Beschattung. Schlagzeilen in allen Abendzeitungen. Zwei Kugeln aus einer 7,65 in den Oberschenkel. Tapferkeitsmedaille. Beförderung zum Inspektor. Chapeau, Monsieur Chapeau!

Das war alles. Da war nichts mehr zu sagen. Kein Ton hinzuzufügen. Sonst hätte am Ende die Bescheidenheit gelitten, und Clovis war allem Leiden abhold.

Das danach war ein Kinderspiel gewesen. Der Ruhm. Perros-Guirec, ein Abstecher über Saint-Malo und Juliette. Die schöne Julia. Und nach Juju die Vierzimmerwohnung und gleich anschließend die Geburt von Julie-Berthe. Dann, das heißt jetzt, die heilige Familie, der Jahresurlaub, der 504, der Farbfernseher, die Ordnung. Die hundertprozentige Ordnung. Acht Jahre lang schon! Acht Jahre, die nur so vorbeigerauscht waren. Er betrachtete lächelnd seine Schutzengel, die ihm auf ihren Motorrädern mit Pauken und Trompeten den Weg freifegten.

So sieht das Glück aus.

Oder besser, sah. Denn am Ort des Geschehens wurde Clovis von einem neuerlichen Grippeanfall niedergestreckt.

Mit vor Kopfweh klopfenden Schläfen stellte er dort zweierlei fest. Erstens, daß er, obwohl er seine Juliette liebte, furchtbar gern mit seiner Nachbarin Peggy Spring in die Veilchen gegangen wäre. Zweitens, daß er – was für eine Katastrophe – bei diesem Verbrechen nur Bahnhof verstand.

Hundertprozentig Bahnhof.

7

Sie hieß Juliette Chapeau.

Sie war schön. Sie war dreißig. Sie langweilte sich, sobald sie allein in der Wohnung war. Sie betrachtete ihr Spiegelbild über dem Frisiertisch. Sagte sich, daß sie ein anderes Leben hätte haben können. Ein ganz anderes. Mit ihrem Körper. An ihr war alles dran. Das wußte sie. Sie war sich da sicher. Die Kerle rannten ihr nach wie Hunde. Sie hinterließen ihr zwar keine gepinkelten Botschaften an den Wänden, doch viel fehlte dazu nicht. Sie lächelte über den Vergleich.

Nein, im Ernst, sobald die Männer sie sahen, zogen sie ihre Schau ab. Sie überschlugen sich, wurden galant. Sofort streiften sie den Ehering in den Tiefen ihrer Taschen ab. Dann kam der Gag mit der tiefen Stimme, der Yacht im Hafen von Cannes oder dem Häuschen im Wald von Lamorlaye.

Als sie Chapeau geheiratet hatte, hatte Juliette daran geglaubt. Er war klein, aber lieb. Sie war Friseurgehilfin in Perros-Guirec gewesen. In einem Laden am Strand. Er hatte dort Volleyball gespielt. War braun gebrannt gewesen wie ein Tarzan im Taschenformat. Sein Jesus Maria und Josef war unwiderstehlich gewesen. Seine Beförderung bombensicher. Gleich morgen. Ein Polizeioffizier, das schmeichelte ihr, erhob sie zu ungeahnten Höhen und erlöste sie von *Poly-Color.* Zwei Monate später war sie eine ledige Mutter. Er hatte das sofort wieder gutgemacht. Sie waren vor den Standesbeamten getreten. Julie-Berthe war zur Welt gekommen. Eine klare Aufgabe, das Eingemachte, die Freuden der modernen Küche, Muttertag, die Neubauwohnung, die Wahl der Tapeten, und danach der Alltag – diese Wüste.

Natürlich war Juliette anfangs am Wochenende voll beschäftigt. Clovis gab sich nicht mit leeren Versprechungen zufrieden. Er hatte großes Stehvermögen, einen langen Atem. Sie hatte sich schnell auf die Spirale gestürzt. Sonst wäre den Chapeaus wohl eine große Dynastie sicher gewesen. Von innen beringt, war ihr jeder Sonntag ein Festtag. Sie hatte sich halt vorgesehen. Von nun an war Halli Galli. Ab ging die Post!

Doch nach einer gewissen Zeit wird alles langweilig. Die Wochen zogen sich dahin im Sozialbunker. Sie begann zu gähnen, Süßigkeiten zu essen, Filmzeitschriften zu lesen. Sie verfiel ins Grübeln. Da fing sie damit an.

Zuerst ganz bescheiden, und man könnte sagen, eher zufällig. In aller Unschuld, das hätte sie beim Leben ihrer Tochter beschwören können. Ganz ohne Hintergedanken war sie im Wald spazierengegangen.

Sie pflückte Veilchen. Das klingt banal, und doch war es so. Sie pflückte Veilchen direkt an der Nationalstraße 16. Auf einmal hatte ein 200-PS-Dinosaurier – mit Anhänger, sei hier vermerkt – wie ein Bekloppter gebremst und angehalten. Der Laster blieb hundert Meter weiter stehen. Als die Staubwolke zerstoben war, stand ein Tausendsassa von *Gervais-Danone* vor ihr. Ein lustiges Gesicht hatte er, pechschwarze Augenbrauen. Seine Augen waren lebhaft, sein Lächeln breit.

Er hatte nur gesagt:

«Tanzen Sie, Fräulein?»

Als sie nicht sofort verstand, hatte er hinzugefügt:

«Wieviel für eine ‹große Nummer›?»

Und ihr war ein Licht aufgegangen.

Sie waren in einem von Blumen umsäumten Pfad gelandet. Hmmm, es roch gut nach Laub. Nach einem Viertelstündchen war die Freiübung beendet.

«Bist ein echt scharfer Fruchtzwerg», hatte er festgestellt.

Als er ging, rief er noch:

«Bis Donnerstag. Wie heißt du?»

Sie hatte nicht geantwortet. Er hatte nicht darauf gedrungen. Sein LKW hatte beim dritten Ächzen des Anlassers aufgeheult. Sie hielt einen Blauen in den Händen.

Langsam war sie aufgestanden. Alles an ihr war zerknittert, ihr Allerwertester erinnerte an ein bei ‹Liebstöckel› aufgeschlagenes Kräuterbuch. Doch alles in allem hatte sie das Ganze nett gefunden. Irre nett.

Am nächsten Morgen hatte sie sich geschämt und Nierenschmerzen gehabt. Doch sie war wieder hingegangen: In acht Tagen hatte sie sich eine Stammkundschaft geschaffen. *MAN, Scania, Berliet, Iveco* legten en haute vitesse den Gang ein, wenn sie ihren Reizen erlagen. Eine ganze Stammkundschaft aus Kühlwagen, T.I.R., Obst und Gemüse. Die Sache begann ihr ans Herz zu wachsen, wie sie gerührt feststellte. Keine Zeit mehr zum Totschlagen. Sie machte plötzlich wahnsinnig viel Kohle. Über Coco, eine andere Blume der Straße, hatte sie ein Bankkonto eröffnet. Seitdem hatten ihr 300 Fernfahrer einen Blauen hingehalten und sie war unter die stolzen Eigentümer gegangen. Ein Sportcabrio. Rot, sah aus wie eine fliegende Untertasse. Sie stellte es in einer Geheimgarage unter. Außerdem hatte sie sich ein Pseudonym zugelegt – wie die Stars. Julie La Fête hieß sie. Sehr begehrt, wissen Sie. Sogar als Domina – mit kleinem Aufpreis. In der Eichenallee. In einem herrschaftlichen Wald, dessen Namen hier nicht erwähnt werden soll. Département 95. Val d'Oise.

8

Je mehr sich Chapeau den hübschen Rotschopf ansah, der da blutleer auf dem Kirchenvorplatz lag, desto weniger kapierte er. Sie wirkte seltsam provozierend in ihrer letzten Pose zu seinen Füßen. Mitten auf der Brust trug sie eine große Pfingstrose aus Blut; sie war drei Stufen hinuntergegangen und zerbrochen. Ihre Beine sonnten sich. Als wolle sie der Reinheit, all diesem konventionellen Weiß, eine Fratze schneiden, gab die kleine Braut den Blick auf ihren lilafarbenen Slip frei. Der Slip paßte zu ihrem Blumenstrauß und war fröhlich wie ein Lachen.

Die Familienangehörigen, die aus Prinzip betroffen waren und die gleichen schwarzweißen Kleider trugen, die sie auch wieder zum Begräbnis anziehen würden, standen in kleinen Grüppchen schwatzend beieinander. Ein Mann undefinierbaren Alters, ohne besondere Kennzeichen, ohne jeden Ausdruck, beugte sich zu Clovis' Ohr und murmelte:

«Ich bin Elisabeths Vater. So ein Unglück aber auch!»

Betty starrte mit einem sanften Lächeln in den Mundwinkeln gen Himmel. Mitten in ihrem Glück von einer 22er Kleinkaliberkugel getroffen. Das Geschoß hatte sie von oben nach unten durchbohrt. Es war vom Dach eines der Türme abgefeuert worden. Die Polizei war nach Ausbruch der Panik eingetroffen. Eine Menge Leute waren bereits in ihren Autos abgerauscht, um nicht in diese kriminelle Angelegenheit verwickelt zu werden. Es war sinnlos, das Viertel absperren zu wollen. Der Mörder hatte eine Viertelstunde Zeit gehabt, sich aus dem Staub zu machen. Die Ermittlungen würden nicht ganz einfach werden.

Vor dem Inspektor erhoben sich dreißig Sozialbunker. Dreißig verschiedene Türme. In einem von ihnen wohnte er. Mit ihren abweisenden Fassaden und den dahinter versteckten Gummibäumen, Elektroherden, Fernsehern schienen ihm die Gebäude furchtbar eintönig. Völlig unbewohnt, taub, unentzifferbar.

Von wo aus war der Schuß gefallen? Wer hatte ihn abgefeuert? Von welchem Dach, welchem Balkon aus? Warum? Und nun war auch noch Bellanger nicht da.

Inspektor Chapeau schneuzte sich. Er fühlte sich elend in seiner Haut. In genau dieser Minute hätte er wirklich gewünscht, zehn Zentimeter größer zu sein. Er sagte sich: Schlimmer als schlimme Scheiße und Schlimmeres. Tröpfelte sich *Rhinopront* ein, eine Wunderwaffe gegen Schnupfen, und begann mit den üblichen Feststellungen.

Betty hatte grüne Augen. Das sah er, als er sich über sie beugte. Genau zwei Minuten später begann der Leidensweg des Inspektor Chapeau: Als er nämlich die um den Veilchenstrauß verkrampften Hände der Kleinen löste, entdeckte er einen zerknitterten Zettel. Als er ihn aufgefaltet hatte, las er die mit Filzstift geschriebenen Worte:

Gedingenst, meine Liebe!

Und wie lautete wohl die Unterschrift? Billy-ze-Kick.

Also, für Clovis-Vergil-Désiré Chapeau war das ein Donnerschlag, ein Erdbeben, eine taifunartige Explosion. Da blieb ihm die Spucke weg, und seine Nase lief, ohne daß er es merkte. Denn Billy-ze-Kick, den hatte er sich selbst ausgedacht. Nur für seine Tochter, nur für Julie-Berthe. Sie liebte rasante Gute-Nacht-Geschichten. Dazu muß gesagt werden, daß sie eine wilde Phantasie hatte. Abends machten sich Clovis und sie ans Werk: Während Juliette spülte, spannen sie ihre tägliche Abendserie.

Hauptfigur: Billy-ze-Kick.

Ungenaue Personenbeschreibung. Ändert ständig Gesicht und Aussehen. Mal fährt er ein superheißes Mofa, mal ist er ein uraltes Mauerblümchen. Immer jedoch blutrünstig. Sehr einsam. Verabscheut die Gesellschaft. Führt erbittert Krieg gegen sie. Verbreitet Terror, indem er die im Nebel versunkenen Straßen mit dem Lärm seines Vierzylinders überschwemmt. Tötet nur zum Vergnügen. Nur zur Vernichtung der Ordnung. Genau jener Ordnung, die Clovis-Vergil-Désiré Chapeau zu hüten hatte.

Denn selbstverständlich hatte sich Roger in der Serie die zweitwichtigste Rolle zugeschoben. Die des Guten, des Sheriffs, des Verteidigers der bedrohten Gesellschaft. Er hatte sich immer gewünscht, daß Julie-Berthe ihn bewunderte. Der Respekt vor dem Vater ist wichtig. Man schlage nur bei Sigmund nach ... Deshalb griff Inspektor Roger am Schluß jeder Episode ein und triumphierte, abgesehen davon, daß Billy-ze-Kick natürlich immer in letzter Minute davonkam, damit es eine Fortsetzung geben konnte.

Clovis schnüffelte heftig. Er fing an, im Intercity-Tempo nachzudenken. Diese ungewohnte Tätigkeit ermüdete ihn augenblicklich.

Wie viele Personen wußten von Billys Existenz? Er selbst natürlich, aber er hatte mit niemandem darüber gesprochen. Ach doch! Genau, er hatte bei Peggy Spring zwei Worte dazu verloren. Einfach so, mehrmals, um zu zeigen, daß er Sinn für Humor hatte, sich lieb Kind zu machen. Wer wußte sonst davon? Er hatte es Bellanger gegenüber erwähnt, als der bei Chapeaus zum Abendessen gewesen war. Um das mißlungene Soufflé in Vergessenheit zu bringen. Dann war da noch Juliette. Juju, sein Frauchen, seine Alte, sein Hühnchen. Und da war vor allem Julie-Berthe, das geschwätzigste little girl in the world, ein unerschrockenes Klatschmaul, das den Fahrstuhl hundertmal am Tag benutzte. Sie war der Kern des Problems. Sie war die Quelle. Und das vereinfachte die Sache keineswegs. Clovis betrachtete das Gebäude, in dem er wohnte, mit einer gewissen Ängstlichkeit. Für ihr Alter kannte die Kleine eine Unmenge Leute. Wenn er nur daran dachte, lief es ihm kalt den Rücken hinunter.

Er wandte sich seinen Untergebenen zu. Seine Schlußfolgerungen behielt er für sich. Die Presse trudelte ein und bestürmte ihn mit Fragen. Plötzlich war er wer. Er setzte die entsprechende Miene auf: ein Drittel unerschütterliche Ernsthaftigkeit, ein Drittel amerikanisches Kaugummi-Phlegma und ein Drittel Energie in den Augen. Blitz! Die Presse dankt! Die Reporter preßten ihn aus.

«Haben Sie einen Verdacht, Inspektor?» fragte ein bebrillter Fotomensch.

«Indizien?»

«Eine Spur?»

Clovis hörte sich ohne Zögern antworten.

«Der Mörder heißt Billy-ze-Kick!»

Er hatte den Namen bedeutungsvoll hinausgeschleudert, wie man ein bereits berühmtes Pseudonym erwähnt – das eines Stars. Nur den Namen. Er schwang den Zettel, den er gefunden hatte.

«Sehen Sie! Er hat unterzeichnet!»

Die Blitzlichter knatterten erneut. Sein Ruhm stieg kometenhaft. Morgen, vielleicht schon heute abend würde er auf den Titelseiten stehen. Oder auf den zweiten Seiten. Doch er hatte auch das Gefühl, es sei noch etwas anderes geschehen.

Eine Figur war zum Leben erwacht. Ein Wesen, das er bis in die letzte Einzelheit erdacht hatte. Jetzt hatte er dessen Hand losgelassen, ihn gezwungen, die ersten Schritte allein zu machen. Ja, Billy-ze-Kick hatte seinen ersten Auftritt vor der Welt gehabt.

Sollte er es einmal weit bringen, so würde sich Clovis klammheimlich geschmeichelt fühlen.

9

Hippo verspürte plötzlich einen Schlag. Ein Pfeil hatte sich zwischen seine Schulterblätter gebohrt.

Tödlich verletzt stürzte er zu Boden.

Nur schwach hörte er hier oben die Geräusche der Stadt. Auf der Terrasse näherten sich Schritte. Er hauchte sein Leben aus. Die Stiefel des Angreifers machten dicht vor seinem Gesicht halt. Der Mörder stieß ein grausames Lachen aus und versetzte ihm zwei Fußtritte in den Unterleib. Hippo zuckte noch einmal und stellte sich sterbend.

«Du bist tot, du Hund!» verkündete das dünne Stimmchen feierlich. Und boing! folgte ein weiterer, noch genauer gezielter Fußtritt. Nach einem letzten Aufbäumen hielt sich Hippo für ausreichend tot.

«Hat *TUS Wohneinheit 3* Sonntag gewonnen?» fragte er beim Aufstehen.

«Zwei zu null. Ein Freistoß von Franqui und ein Kopfball von Duddie in der 45. Minute zum Mittelstürmer Piedzack», lautete die Antwort.

«Habt ihr auf eurem Feld gespielt?»

«Jaha. Wir hätten mehr rausholen können. Aber der Schiedsrichter war geschmiert. Können wir am 24. mit dir rechnen?»

«Ich werde versuchen, es einzurichten.»

Hippo sah auf den kleinen Karottenkopf hinunter, der sich mit dem Zeigefinger an der rechten Hinterbacke kratzte und fragte:

«Sag mal, Boß, haben ‹die› dir Spritzen verpaßt?»

«Ja, mehrere.»

«Hast du geheult?»

«Nein, nein.»

Ein Boß heult nicht.

«Die Schweinehunde!» schlußfolgerte Edouard. Er hob seinen Pfeil auf und zog drei Zentimeter Rotz hoch, der ihm wegzulaufen drohte.

«Sag mal, Ed, weißt du, wo mein Cello ist?»

«Bei den Sachen von der *TUS*, Boß. Im Umkleideraum der Mannschaft. In Piedzacks Keller. Wir haben es nicht angerührt. Da ist auch deine Trillerpfeife ... die und die Stulpen. Den Karabiner habe ich in Sicherheit gebracht. Keine Bange, sie werden Billy-ze-Kick nicht erwischen. Sie werden deine Kanone nicht finden.»

«Billy-ze-Kick?»

«Ach, gib's doch zu! Ich weiß doch, daß du Billy bist, Boß! Ich weiß alles. Mich brauchst du wirklich nicht anzulügen. Aber wie du willst, ich kann schweigen wie ein Grab ...»

«Gut, wie ein Grab ...», antwortete Hippo zitronensüß.

«O. K., Boß. Ich mag es, wenn du geheimnisvoll bist», gestand Edouard.

«Hast du Julie-Berthe heute früh gesehen?»

«Die ist bei ihrer Mutter. Sie stellt sich zickig an. Sagt, sie darf nicht raus.»

«Wie kann man an sie rankommen?»

«Das wird schwierig sein. Das ist so, seit du der Karapian, der Sängerin, die Luft abgedrückt hast. Und dann noch die Geschichte mit der Braut ... Das ist alles etwas viel, verstehst du?»

«Reden wir nicht mehr davon.»

«Jaha. Reden wir nicht mehr davon. *TUS Wohneinheit 3* steht voll hinter dir. Die Karapian traut sich nicht mehr in den Fahrstuhl. Einige Leute machen ihr das Leben schwer. Man munkelte, sie will ausziehen.»

«Kannst du Julie-Berthe ausrichten, daß ich auf sie

warte? Ich hole nur eben mein Cello und bin dann im Keller. Einverstanden?»

«Einverstanden. Haste mal 'n Franc?»

Hippo gab ihm einen.

«... ich hab nämlich keine Munition mehr. Die Lebenshaltungskosten steigen ständig. Mit dem Restgeld kaufe ich was Süßes. Julie-Berthe mag Minzbomboms ... das wird die Sache erleichtern.»

Unten trennten sie sich. Hippo stieg in den Keller hinunter. Das Untergeschoß kannte er in- und auswendig. Er ging um die Mülltonnen herum zum Keller der Familie Piedzack. Seine Sachen fand er dort sorgfältig verwahrt vor.

Der *Unique*-Karabiner mit Zielfernrohr lag unter einem Matratzenberg. Seine Trillerpfeife baumelte an einer Schnur. Er wischte das Mundstück an seiner Jacke ab. Pfiff dreimal: einmal lang, zweimal kurz, das Signal der *TUS Wohneinheit 3*. Sofort bekam er den Blues.

«Hippo, was hältst du von dieser Tussi?»

Er drehte sich um. Es war Julie-Berthe. In einem Wollkleid. Blau mit grünen Kreisen. Die dazu passende Hose reichte ihr bis zu den Knien.

«Ich finde dich wunderschön, Julie-Berthe. Was macht die Schule?»

«Wir haben Ferien. In meinem Sseugnis ssreiben sie, daß ich Fortssritte mache.»

«Und in Mathe? Mathe ist wichtig.»

«Ach weißt du, bei den Brüchen ist alles klar. Bei den Mengen auch. Eine Vier minus habe ich nur im Ssönssreiben ...»

«Haben viele Kinder eine Eins?»

«Nur ein einßiges. In meinem Sseugnis ssteht, daß ich viel Phantasie und einen wahnsinnigen Vorsprung auf meine Altersgenossen habe. ‹Die› sagen auch, daß ich grausam ßu Tieren bin. ‹Die› empfehlen meinen Eltern, daß sie einen Sychologen ßu Rate ßiehen.»

«Die Menschen sind böse.»

«Jaha wirklich, das sind sie.»

Hippo hörte Schritte über ihren Köpfen. Der Fahrstuhl kam herunter und spuckte Edouard aus, der klatschnaß vor Aufregung war. Er reichte Julie-Berthe eine Schachtel Bonbons und erstattete gleichzeitig Bericht:

«Billy, Boß, sie suchen dich. Sie sagen, sie werden dich verhaften. Wimmelt nur so von Bullen. Chapeau – dein Vater, Julie-Berthe – und lauter seltsame Typen. Sie durchwühlen alles ...»

Hippo ließ sich nicht aus der Ruhe bringen. Er wandte sich zu dem kleinen Mädchen.

«Wir können los, wenn du willst. Ich glaube, ich hab's heute eilig ...»

«Jaha, gehen wir. Meine Mutti wird sonst unruhig. Sie weiß nicht, wo ich bin.»

Edouard wurde mit einem Ablenkungsmanöver beauftragt. Der schlaksige junge Mann breitete die Arme aus wie ein Weberknecht und trug sein Cello in den Fahrstuhl. Er kam zurück und reichte Julie-Berthe die Hand. Ein kleiner Fisch im stillen Gewässer seiner Finger. Sie wurden von *Flohr Otis* verschluckt. Reiseziel: die 11. Als sie an der 5 vorbeifuhren, hörten sie Nagelschuhe hinuntertrampeln. Andere stampften hoch. Stimmengewirr wurde laut.

«Sie suchen dich, um dich ßu dingensen», sagte Julie-Berthe.

Hippo drückte auf den roten Knopf. Stop. Die Kabine hielt auf der Stelle zwischen zwei Stockwerken an. So konnte niemand an sie ran.

Der Junge sah auf das kleine Mädchen. Die Wangen von Julie-Berthe. Den Hals von Julie-Berthe. Den Körper von Julie-Berthe. Sie hielt der Prüfung mit ihren Puppenaugen stand, zog ihre Schachtel Minzdrops aus der Tasche und öffnete sie. Sie nahm gleich zwei auf einmal.

«Wenn wir verheiratet sind», sagte sie, «mußt du mir aber englisse Bonbons kaufen.»

«Sicher, das sind die besten. Wir werden sie aus London kommen lassen.»

«Kaufst du mir auch einen Ring?»

«Klar, einen grünen.»

«Wie du willst. Wenn er nur teuer ist. Ohne Ringe ist man nämlich gar nicht verheiratet.»

Sie schwieg nachdenklich, zog an ihren Zöpfchen und kaute heftig.

Hippo holte sein Cello aus dem Kasten. Er stimmte es, während draußen an die Fahrstuhltüren gehämmert wurde.

Julie-Berthe stopfte sich zwei Zusatzdrops in den Mund. Man hörte abwechselnd den Bogen ächzen und ihre Zähne krachen. Sie setzte eine furchtbar einfühlsame Miene auf. Jene, die Hippo am liebsten mochte. Sie hatte es sich gut überlegt und benetzte ihren Satz mit etwas Spucke:

«Wir müßten in einem Baum wohnen. Um wirklich unsere Ruhe ßu haben, meine ich.»

«Ja, wir können nicht ewig im Fahrstuhl sitzen bleiben. Das ist nur für den Winter gut.»

«Einversstanden! O ja, einversstanden! Im Sommer im Baum, im Winter im Fahrsstuhl.»

Julie-Berthe war von der Idee begeistert. Sie klatschte in die Hände und beruhigte sich schließlich.

Hippo spielte ein Stück von Brahms. Sie hörte ihm ernsthaft zu. Als er den Bogen weglegte, war die Dropsrolle leer. Sie zerknüllte sie in ihrer Faust und sagte:

«Ich werde sie in die Verbrennungsanlage ssmeißen.»

Hippo schob seine Brille ganz oben auf die Nase und betrachtete seine Hände. Sie waren feucht. Sein Blick konzentrierte sich auf die gewölbte Stirn des kleinen Mädchens. Sie war von zarten Schweißtröpfchen bedeckt. Ihr Hals war weiß mit ein ganz klein wenig Flaum. Er hätte, ja er hätte ihn mit einer einzigen Hand zudrücken können.

«Jetßt muß ich nach Hause», sagte die Göre, «sonst krieg ich was ßu hören ...»

Sie fügte leise hinzu.

«... es ßiemt sich auch nicht.»

Hippo gab sich einen Ruck. Er wischte seine Handflächen an seiner Wolljacke ab. Mit einer jähen Bewegung. Er packte sein Cello ein. Sagte steif:

«Ich geb dir recht.»

Er drückte auf den Knopf mit dem Pfeil nach oben. Als sei sie von einer schweren Last befreit, tat die Kabine einen Sprung in die oberen Stockwerke. Im 8. hielt sie an.

Julie-Berthe zog den jungen Mann an seinem Schlips zu sich heran. Ganz dicht erlebte er nun die Schockwirkung ihrer porzellanblanken Augen. Julie-Berthe sah aus wie eine Babypuppe aus Celluloid. Sie küßte ihn auf die Wangen und roch nach Zucker. Dann küßte sie ihn auch auf den Mund und öffnete selbst die Tür. Vom Treppenhaus her winkte sie ihm zu.

«Wenn du Billy-ße-Kick bist, sei lieb, bring jemand für mich um, ja?»

Er kam nicht mehr zum Antworten. Die Tür glitt zu. Der Fahrstuhl wurde sofort nach unten beordert. Er tat nichts, um ihn zurückzuhalten.

Im Erdgeschoß stürzten gleichzeitig zwei weißgekleidete Männer hinein. Sie bildeten einen Kampfblock. Ein von der gleichen Entschlossenheit geleitetes Zwillingspaar. Er ließ sich an den Schultern packen und mitnehmen.

Im Hof rang seine Mutter schmerzerfüllt die Arme. Ein kleines Männchen, ein Dreikäsehoch – das also war Chapeau! Er konnte kaum glauben, daß das Julie-Berthes Vater sein sollte – erteilte Befehle und fluchte wie mehrere Taxifahrer. Er riß ihm den Cellokasten aus der Hand. Setzte seinen grauen Filzhut auf, um etwas größer zu wirken. Die Mamma bat mit Fistelstimme, man möge ihren Sohn sanft anfassen.

Der Krankenwagen fuhr mit Karacho los. Radfahrer stoben auseinander, um ihn vorbeizulassen.

Julie-Berthe kam atemlos aus dem Treppenhaus geflitzt. Sie bedachte ihren Erzeuger mit einem verächtlichen Blick und unkte:

«Tsss! Du wirst Billy-ße-Kick nicht kriegen! Er entkommt dir jedesmal ...»

«Der Typ da ist nicht Billy, das ist ein Verrückter!»

«Wir werden sehen. Das werden wir alles noch sehen», antwortete sie.

Dann verfinsterte sich ihre Miene, und sie begann, den Gips an der Hausmauer mit einer Haarnadel zu zerkratzen.

Einige Straßen weiter sprang eine Gestalt unerschrocken mitten auf die Straße. Der Krankenwagen machte eine Vollbremsung. Es war ein winziger maskierter Bandit, der einen dicken Revolver schwang.

Der Wagen fuhr langsam wieder an. Der Fahrer streckte Kopf und Ellbogen zum Fenster hinaus.

«Verpiß dich, dreckige Rotznase!»

Die Karre beschleunigte.

Edouard hatte ein gutes Pferd, einen Sechseinhalbjährigen. Er gab eine ordentliche Salve aus seinem Luftgewehr ab. Die hintere Windschutzscheibe zerbarst.

«Scheiße!» schrie der Fahrer, als er den Schaden im Rückspiegel feststellte, und trat die Bremse durch. Er sprang aus der Karre und rannte dem Jungen hinterher. Der andere Krankenpfleger stieg auch aus, um die Scheibe ganz einzuschlagen.

Diesen Moment wählte Hippo, um ihm mit einer Sauerstoff-Flasche eins über den Schädel zu geben und die Mücke zu machen.

10

Charles Bellanger saß auf einem Steinmäuerchen und hielt die Hand von Gabrielle Montauzin, der stellvertretenden Leiterin des *Crédit Agricole* von Montcuq. Er machte ihr schon seit drei Jahren den Hof. Sie war verwitwet, genau wie er. Das hatte sie einander nähergebracht. Zu ihren Füßen floß die Zeit träge dahin, wiegte sie in einem scheuen Wohlbehagen.

«Morgen ist der 14. Juli. Kommen Sie mit zum Tanz?»

«Ich weiß wirklich nicht, ob sich das gehört. Ihr Pariser haltet euch nicht an die hiesigen Regeln. Wenn man uns sieht, wird das Gerede losgehen.»

«Lassen Sie sie doch reden. Wir könnten Pläne schmieden, Gabrielle.»

«Ich bin nicht mehr so ganz jung.»

«Ich werde mich nach Cahors versetzen lassen. Wir könnten ein schönes Leben haben, wenn Sie einverstanden sind.»

«Ich werde es mir überlegen.»

«Lassen Sie sich Zeit.»

Ein zarter Schnurrbart zog sich über ihre schön geschwungenen Lippen. Hochstehende Wangenknochen, oben auf dem Kopf ein Haarknoten.

Die Sonne wärmte sie.

Sie sahen sich schweigend an.

Es war ganz einfach: Sie liebten sich.

11

Ed liebte nur die Donnerstage.

Das war der *TUS-Wohneinheit-3*-Tag. Sobald er seine Nudeln aufgegessen hatte, wusch er den Teller ab. Danach spachtelte er sich *Atrix* auf die Hände. Damit sie nicht rissig wurden. ‹Hände lieben Atrix›, sagten sie im Fernsehen.

Dann packte er seine Sachen. Blaues T-Shirt. Blaue

Shorts. Turnschuhe in der gleichen Farbe. Er zog seine Sporttasche zu, in der seine Fußballschuhe, ein Handtuch und ein Stück Schnur einen festen Wohnsitz gefunden hatten. Man kann nie wissen …

Er hievte sich auf einen Stuhl. Nahm fünf Zuckerstücke aus der Schachtel hinter den Gläsern mit der Aufschrift ‹Kaba, der Plantagentrank›. Sie stand auf einem Stapel Suppenteller, und man kam nur schwer an sie heran. Er stieg vom Stuhl und setzte sich darauf. Schlenkerte mit den Beinen, papadim, papada. Er hatte den Verdacht, daß er schon wieder pinkeln mußte – vor lauter Nichtstun. Im gleichen Moment hörte er die Schritte seines Vaters im Treppenhaus. Da dachte er nicht mehr daran.

Eugène Macareux trat ein.

Er war ein schöner, rothaariger Mann mit etwas zu bunten Wangen. Sehr damenfreundlich. Er hatte außerordentlich starke Unterarme. Seine Brust wölbte sich, sein Bauch war etwas aufgeschwemmt. Denn am Wein trägt man schwer. Er kam auf Edouard zu. Drückte ihm die Hand, wie anderen Leuten auch.

«Tag, mein Sohn!»

Er ging zur Spüle, wusch seine Pranken, schüttelte sie trocken. Dann setzte er sich vor seinen Teller, schlug die Serviette auf und wischte damit den letzten Rest Feuchtigkeit von seinen Handgelenken.

Währenddessen brachte Edouard den Topf mit den Nudeln. Eugène rollte seine Ärmel auf. Er goß sich einen großen Schoppen Rotwein ein und trank ihn in einem Zug leer. Er löste ihn förmlich in Luft auf und tat, als suche er ihn am Grunde des Glases. Doch dort war er zweifellos nicht mehr. Er goß sich den nächsten ein:

«Hab ich gar nicht vorbeirauschen sehen», sagte er und fügte hinzu: «Der erste ist nur da, um den Staub anzufeuchten!»

Er klackte mit der Zunge gegen den Gaumen und murmelte, was er unausweichlich vor jeder Mahlzeit murmelte:

«Sieh mal, Ed. Du kannst Nudeln und Eier kochen, jetzt solltest du Hähnchen kochen lernen. Zur Abwechslung ...»

«Das kann ich doch! Aber du bringst nie ein Hähnchen mit.»

«Stimmt. Ich vergeß es immer. Ach, zum Donner! Eines Tages, nein, morgen werde ich einen Fasan mitbringen. Den bereitet man genauso zu, und es schmeckt besser.»

«Iß deine Nudeln auf, Vati. Sie werden kalt.»

Eugène gehorchte und kaute schweigend. Nach einer Weile verkündete er:

«Übrigens, sie haben deinen Kumpel Hippo noch nicht geschnappt. Es heißt, er hat vielleicht die Braut abgemurkst. Ich hab schon immer gesagt, dieser Typ ist durchgeknallt.»

Edouard wärmte den Kaffee auf. So brauchte er nicht zu antworten.

Eugène Macareux war gut in den Vierzigern. Eine himmelschreiende Fresse. Er war Witwer. Seine unzerstörbare Vitalität hatte seine Frau getötet. Nicht absichtlich. Eigentlich hatte er sie zu sehr geliebt. Klar, sie war klein und eng, doch fünfzehnmal die Woche – ohne die üppige Nahrung und die Feiertage zu rechnen –, das war zuviel gewesen. Sie hatte dem nicht standgehalten, war zerbrochen wie eine Meißner Porzellanvase.

Eugènes Trauer hielt sich in Grenzen. Sein unvergleichliches Lachen, seine Vitalität entschuldigten ihn bei seinen Nachbarn. Im Lauf der Zeit hatte er alle im Fahrstuhl getroffen und erklärt:

«Es ist nicht meine Schuld, wenn ich nicht weine! Es entspricht halt nicht meiner Natur! Ich bin Opti-Mist.»

Er lachte.

Da es Eugène war, hatte dieses Verhalten nichts Anstößiges. Die Männer im Sozialbunker dachten: ‹Dieser Eugène, das ist ein Kerl.› Sie beneideten ihn, boten ihm eine Zigarette an. Er lehnte ab:

«Danke sehr, Herr Piedzack ... ich zieh mir lieber selber einen durch!» Und er lachte sich halbtot.

Edouard schenkte den Kaffee ein.

«Trotzdem, dieser Billy, wie ‹sie› ihn nennen, das kann kein ganzer Mann sein ... ein Besessener, ein Typ, der nicht richtig bumsen kann. Nicht auf die übliche Weise. So was könnte mir nicht passieren!»

Dieser Gedanke amüsierte ihn königlich.

Die Frauen aus den Sozialwohnungen starrten sehnsüchtig auf seine Arme. Manchmal wagten sie sich bis zu den Brustmuskeln. Vor den Augen machten sie halt. Seufzten und kehrten zurück zu ihren Elektroherden, vollautomatischen Waschmaschinen und Farbfernsehern – zu ihren Männern, falls die schon zu Hause waren.

Jeden Morgen nahmen diese Tanten die Pille und dachten an Eugène. Wenn sie es gewagt hätten, hätten sie ihn gebeten, ihnen freundlicherweise mit seinem Ding auszuhelfen. Zum Vergnügen. Ein kleines Vergnügen. Da ihnen in dieser Hinsicht keinerlei böse Überraschung drohte. Da sie mit Hormonen vollgestopft waren.

Statt dessen: die Ehe. Gradeaus ins Einerlei. In seiner naiven Art stellte sich Eugène die Szene vor: Vor einer Blümchentapete hoben Paul, Pierre oder Jacques – ihres Zeichens Ehemänner – den Kopf über das gleiche Waschbecken. Auf elf Stockwerken des Sozialturms hing die Zahnbürste in der Luft – die gleiche Frage, der gleiche muffige Schlüssel zu den Freuden des Ehestands. Er hörte die Sätze von hier aus:

«Hast du denn deine Mittwochspille schon geschluckt, mein Schäfchen?»

«Haben wir schon vorgebeugt, mein Täubchen?»

«Germaine! Hast du an dein Neogynon gedacht?»

Eugène juckte das alles nicht. Er war frei. Einer der letzten Männer. Ein Macker. Ein Steinzeitmensch, der auf der Straße zu pfeifen wagte. Am Morgen fröhlich. Am Abend besoffen. Gut für heute. Gut für morgen. Gut für jeden Dienst am Vaterland. Gut für eine Gratisrunde mit der jungen Ehefrau aus dem fünften Stock. Treppe C.

Eugène liebte eindeutige Situationen. Er benutzte immer den Fahrstuhl, um zu sagen, was er auf dem Herzen hatte. Der Kunde konnte sich so nicht dünnemachen.

Auch Madame Achère hatte ihr Fett abbekommen:

«Sie brauchen gar nicht rumzugeifern, ich würde mein Kind schlecht erziehen! Ed ist sehr glücklich mit mir. Er mag mich und ich ihn auch. Er ist mein kleiner Bruder. Können Sie nicht verstehen. Haben nie Kinder gehabt. Wären auch viel zu ausgetrocknet gewesen ... kein Wunder, daß man Sie immer mit Milchflaschen sieht ... Sie mit Ihren sterilisierten Titten. Wie zwei Tropfsteine. Selbst Ihre Mieze würde da nichts trinken ... und ist doch nur eine aus der Gosse. Edouard und mich können Sie mal kreuzweise!»

Madame Achère kam mit geknickten Lauchstangen aus diesen anstrengenden Sitzungen. Sie klemmte in der Fahrstuhltür fest. Bevor er sie befreite, machte Eugène sie noch ordentlich fertig. Er deutete einen militärischen Gruß auf Hosenladenhöhe an:

«Und ich bin noch höflich!»

Da war auch noch Chapeau, der Bullenehemann von Juliette, diesem Schmuckstück. Den machte er folgendermaßen an:

«Sagen Sie mal, Monsieur Roger, warum nehmen Sie nicht einfach mal den Fahrstuhl ... statt immer die Treppe zu benutzen, um mir aus dem Weg zu gehen?»

Sobald der andere in der Kabine war, folterte er ihn. Als drehe er ihm die Finger um. Er spielte damit, ihm weh zu tun. Er nahm Anlauf, setzte seine Stentorstimme auf und stichelte:

«Meine Fresse! Madame Chapeau hat vielleicht einen tollen Popo, können Sie ihr von mir ausrichten! Nein, ich verkohle Sie nicht ... so eine wie die würde man ganz gerne mal beglücken!»

Inspektor Chapeau reichte Eugène bis zum Kinn. Feige, wie er war, quälte er sich ein süßsaures Lächeln ab. Das half die Zeit überbrücken. Sie kamen glatt im 8. Stock an. Clovis-Désiré schob sich platt wie eine Flunder an Eugènes Bauch vorbei.

«Sie sind mir einer, Eugène! Und die Sache mit dem ... das heißt mit der ... werde ich ausrichten.»

Er schob das Fahrstuhlgitter wieder zu, und doch konnte er sich nicht richtig von seinem Folterknecht trennen. Fasziniert und mit masochistischem Eigensinn sagte er noch schnell: «Bis demnächst, nicht wahr!»

Und damit war Eugène zu Hause. Seine Vierzimmerwohnung, der Kleine und die Nudeln hatten ihn wieder.

Eugène verdiente sein Brot mit dem Autobus.

Wochentags Kindertransport. Auf Bestellung fuhr er Hochzeiten und Bankette, Ausflüge aller Art am Wochenende.

Aber der Donnerstag war dem *TUS Wohneinheit 3* vorbehalten.

Und heute war eben gerade dieser Tag. Einmal lang, zweimal kurz. Die Klingel fegte Ed vom Stuhl. Er riß die Eingangstür ganz groß auf und wandte sich zu seinem Vater. Über seine Kaffeetasse hinweg sah Eugène zweimal zwölf blaue Kinder.

Das größte ließ einen Fußball aufs Parkett dotzen.

Sie kauten alle Bubble-Gum im Takt.

«Alle sein da», ließ sich der junge Rémi Piedzack vernehmen und pfiff DO RE MI FA SO.

An diesem Donnerstag versuchte Juliette, ihr Hinterteil im Schrankspiegel zu erhaschen. Sobald sie es im Visier hatte, war sie beruhigt. Es war ein eindeutig aufregender Popo. Sie betrachtete die farblose Flüssigkeit, die sie auf ihre Nägel strich. Dieser Lack trocknete schneller als der alte. Sie führte den kleinen Pinsel mit Fingerspitzengefühl und brachte eine eindeutige Verbesserung am Mittelfinger der rechten Hand an. Seufzend hörte sie die erneut ansetzenden Stimmübungen von Madame Karapian eine Etage höher. Sie sagte sich, Hippo hätte sie doch lieber gleich ganz erwürgen sollen. Alte Schreckschraube. Sie wedelte mit ihren Fingern durch die Luft, um die Nägel zu trocknen.

Das Telefon schnarrte. Sicher ihre Mutter, die aus Angoulême anrief.

«Guten Tag, Mutter, wie ist das Wetter?»

«Gestern hat es geregnet. Heute ist es nicht viel besser. Es gibt keine Jahreszeiten mehr.»

Die Frau war eine Einöde. Nur Banalitäten.

«Bei uns hier scheint die Sonne. Es ist sogar sehr heiß. In dieser Wohnung erstickt man. Ich weiß gar nicht, was ich heute nachmittag anziehen soll ...»

Es knackte im Apparat, dann Stille. Die alte Dame rief jeden Tag zur selben Zeit an. Das konnte man nur noch geduldig über sich ergehen lassen.

«Dein Vater hat dir geschrieben ...»

«Ja, wirklich?»

«Ja. Du weißt, wie er ist. Sein Töchterchen fehlt ihm. Kommst du uns diesen Sommer besuchen? Jetzt haben wir doch eine *Schlaraffia*, du weißt schon ... ‹Das Land, in dem ich meine Ruhe fand.›»

«Das geht unmöglich, Mutti. Ich habe gerade mit diesem neuen Job angefangen ... Im Sommer ist da immer der Teufel los.»

«Du erzählst uns gar keine Einzelheiten in deinem letzten Brief. Aber du schreibst ja sowieso fast nie.»

«Aber Mutter ...»

«Was ist denn das eigentlich für eine Arbeit?»

Juliette klemmte sich den Hörer unters Kinn und fand die Frage verfänglich. Sie konnte ihrer Mutter doch nicht sagen, daß sie auf den Strich ging. Mit der Pinselspitze korrigierte sie einen Halbmond und stellte das Fläschchen ab. Als sie es zuschrauben wollte, traf sie haarscharf an der Öffnung vorbei – schaffte es aber schließlich doch. Mit einer Hand. Sie hob den Apparat an, blies etwas Zigarettenasche weg und hielt die Hörmuschel wieder ans Ohr:

«In einem Reisebüro. Ich organisiere und mache den Empfang.»

«Siehst du, dein Schreibmaschinenkurs ist doch jetzt nützlich für dich!»

«Ja. Ich arbeite als Empfangsdame. Sie wollten jemanden, der was hermacht ...»

«Hast du wenigstens eine Uniform?»

«Wie die von Air France. Aber in Orange.»

«Uniformen sind schick. Die steht dir bestimmt gut!»

«Ja. Aber den ganzen Tag in Stöckelschuhen, das ist mörderisch. Mörderisch.» (Wenigstens das war ja wahr.)

Juliette erhob sich und ging auf und ab. Die Schnur zog sie hinter sich her. Sie lief auf Zehenspitzen um das Bett herum. Als sie am Spiegel vorbeikam, blieb sie stehen. Steckte einen Finger in den Mund. Feuchtete die Fingerspitze an. Zeichnete neue Wege um ihre Brustspitzen. Sie dachte an Julie-Berthe, die wieder einmal weggegangen war, ohne Bescheid zu sagen. Heute morgen hatte die Kleine sie gefragt, wann sie auch ‹Busen› haben würde. Juliette sah zu, wie ihr eigener sich hinter die Gänsehaut zurückzog. Geräuschlos wanderten ihre Brustwarzen nach außen. Wie Schnecken nach dem Regen.

«Überarbeite dich nur nicht, Juliette ... Letztesmal hast du schlecht ausgesehen. Schatten unter den Augen.»

«Ach nein, Mutti. Es tut mir gut rauszukommen. Ich muß meine Energie loswerden. Ein Ziel haben. Eine Aufgabe, du weißt, wie schrecklich diese Betonburgen sind.»

«Und dein Mann?»

«Wer? Clovis?»

«Ja, Roger. Was sagt der dazu?»

«Ach weißt du, der ist immer weg. Er hat nichts dagegen. Er sagt, eine Frau muß arbeiten ...»

Sie schaute vom Spiegel weg, konnte es nicht ertragen, sich lügen zu sehen. Sie durchquerte einen Sonnenstrahl. Sprang aus Jux darüber. Es gab einen Ruck. Fast hätte sie den Apparat fallen lassen. In Angoulême regte sich ihre Mutter auf.

«Hallo, hallo, Fräulein! Unterbrechen Sie nicht! Unterbrechen Sie doch nicht!»

Juliette öffnete die Balkontür einen Spaltbreit. Sie beugte sich hinaus und sah die Kinder aus der Siedlung, die *TUS Wohneinheit 3*, in den Autobus ihres Nachbarn von unten steigen. Sie fand ihn lustig, diesen Eugène. Er sah sie immer genau richtig an, wenn sie sich im Fahrstuhl trafen. Sie hätte darauf gewettet, daß er nicht besonders helle war, aber er stand mit beiden Füßen auf dem Boden. Und diese Arme!

«Hör mal, Mutti. Es ist Viertel vor zwei. Ich muß jetzt los.»

«Um wieviel Uhr fängst du denn an?»

«Ach, das hängt ein wenig von mir ab. Aber wenn sie mich abends bitten, länger zu bleiben, tue ich das. Das gehört dazu.»

«Und was ist mit Julie-Berthe?»

«Die ist auf Achse. Sie hat Ferien, weißt du.»

«Und der Verrückte? Der letzte Woche die Opernsängerin erdrosseln wollte?»

«Das ist vorbei. Er ist wieder weg. Heute morgen ist er abgehauen. Aber sie haben ihn wieder mitgenommen. Eingesperrt. Eigentlich ist er ziemlich sympathisch. Julie-Berthe mag ihn. Sie will ihn heiraten.»

«Was sagst du da?»

«Ja, ja. Ehrenwort. Sie haben jede Menge gemeinsame Spiele. Sie ist die einzige, die mit ihm reden kann.»

«Das beunruhigt mich, Juliette. Du nimmst deine Verantwortung nicht ernst ... Wenn nun etwas passiert?»

«Aber nein, Mutti. Mach dir keine Sorgen.»

«Was ist das für ein Geräusch?»

«Wie bitte?»

«Was ist das für ein Geräusch? Das Radio?»

«Nein. Die Opernsängerin. Donnerstags gibt sie Stunden.»

«Gut, ich werde auflegen. Ich nehme ein Bad. Dein Vater umarmt dich ... Ich geb ihn dir. Er will unbedingt selbst mit dir reden ...»

Auch das noch, sagte sich Juliette. Und jeden Tag das gleiche.

«... guten Tag, mein Töchterchen ... Ich umarme und erwarte dich ... Komm schnell. Dein Vater wird alt.»

«Ich komme, sobald ich kann. Ich umarme dich, Vati. Gib Mutti einen Kuß. Wiederhören ...»

«Wiederhören, Töchterchen. Wiederhören ...»

«Ja, Wiederhören.»

«... dann also, Wiederhörn.»

Als sie aufgelegt hatte, hielt sie sich den Zeigefinger an die Schläfe und drückte ab. Sie stürzte sich in ein schlichtes Kostüm, griff sich im Vorbeigehen ein Köfferchen, schlüpfte in ihre Stöckelschuhe und rannte zur Tür.

Im Fahrstuhl betrachtet sie ihr Spiegelbild. Bauschte eine Strähne auf und verzog die Lippen. Sie machte eine Neunzig-Grad-Wendung, ohne sich aus den Augen zu verlieren.

Dabei stieß sie auf einen scharfen Wandspruch.

In Druckbuchstaben stand da, Eugène Macareux sei ein verdammter Dreckskerl. Es wurde auch erklärt, warum. Mit Bleistift. Unterschrift: Billy-ze-Kick. Juliette fragte sich, wer diesen Blödsinn verfaßt haben könnte. Sicher kein Kind. Wer sonst?

Unten ging sie rasch in Richtung Einkaufszentrum Nummer 3. Zwei Häuserblocks weiter schaute sie befriedigt zur Sonne auf. Sie hatte einen großartigen Nachmittag vor sich. Clovis war sicher heftig mit seinem Fall beschäftigt und würde nicht sehr früh nach Hause kommen.

Die Tiefgarage verschluckte sie.

Schwarz gekleidet fuhr sie am Steuer eines roten *Matra* wieder heraus.

13

Billy-ze-Kick öffnete die Augen.

Die seltsame Starre im Nacken war verflogen. Nach der Tat mußte er immer schlafen. Er lag auf seinem Bett und glotzte an die Decke, ohne sie zu sehen, sich auf nichts Besonderes konzentrierend.

Leere. Weiß. Nichts.

Jetzt war die Zeit der Überlegung gekommen. Eine taube Angst schnürte ihm den Magen zu. Beim Mord (er sagte lieber Koitus) an der Braut war er sehr unvorsichtig gewesen. Er war einer Art Notruf gefolgt, hatte sich unbewußt unterworfen. Hatte sich in einer Krisensituation befunden. War einem Impuls nachgegangen, den er nur mit Hunger oder Wut vergleichen konnte. Es mußte einfach geschehen. In jenem Moment war er nur noch ein Instrument gewesen. Ein Roboter, der einer Notwendigkeit folgend zuschlug. Um zu heilen. Zu lösen. Zu löschen.

Daß er die Lust in seinem Glied ferngesteuert gespürt

hatte, schien ihm ganz außerordentlich. Das hatte es vorher noch nie gegeben. Neu. Im übrigen war es so auch nicht geplant gewesen. Vielleicht ein Fehler in punkto Sicherheit. Er glaubte jedoch nicht, daß ihn die Polizei aufgrund einer so sinnlosen Geste identifizieren konnte.

In Zukunft mußte er vorsichtiger sein. Sich Entscheidungen widersetzen, die er vorher nicht gut durchdacht hatte. Sonst würde er eines Tages geschnappt werden. Er mußte Zeit zwischen den Taten verstreichen lassen. Unbedingt.

Dennoch programmierte er seine Gedanken und hielt weiterhin an dem Ziel fest, das er sich für diesen Tag gesetzt hatte. Der nächste Koitus war erwünscht, organisiert, vorgeplant.

Keinerlei Risiko.

Das Opfer war sozusagen willig. Sie hatte ihn angemacht. Er würde am Treffpunkt sein. Sie wollte die Lust, hatte sich angeboten.

Als er unter der glühendheißen Dusche stand, hatte er eine kurze Erektion.

14

Sobald der Bus am Rand der N 16 anhielt, glitt die Tür zischend auf. Kurz danach erschollen drei Hip Hip Hip und ein Hurra. Die blauen Spieler verteilten sich unter lautem Rufen auf der Lichtung. Dann zirkulierte der Ball in kurzen Pässen. Piedzack dribbelte am besten. Ed stand konzentriert im Tor. Den Allerwertesten nach hinten gereckt, schützte er mit hängenden Armen seinen Käfig.

Eugène blieb längere Zeit neben seinem Gefährt stehen. Er hob einige Steine auf und bewegte sie – klicker, klacker – in der geballten Faust. Er fragte sich:

«Wie viele Steine sind in meinem Schuh?»

Da er richtig geraten hatte, genehmigte er sich eine Zigarette. Er drehte sie mit Meisterhand und wollte gerade das Blättchen anfeuchten, als er einen Schotten vorbeifahren sah. Der Kilt erinnerte ihn an, ihr wißt schon was.

Er klemmte sich hinters Steuer. Ein Dreiviertelstündchen konnte er sich doch wohl gönnen, um sein bestes Stück zu beschäftigen.

In diese Gegend kam er zweimal die Woche. Beruflich. Auf der Rückfahrt ließ er sich die günstige Gelegenheit zur Entspannung nicht entgehen.

Er ging zu Coco – die fett, aber nicht sehr bekömmlich war. Sie hatte einen Körper wie ein Ringer. Färbte ihre Haare mit Henna. War gebrandmarkt von Ali Baba aus Bougie.*

Eugène ließ sich gern in einen Nahkampf mit ihr ein. Zwar behielt er nicht immer die Oberhand, aber das ist in der Liebe nicht so wichtig. Es war gesund, es war ländlich. Die Liebe blühte vom Aufbrechen der Krokusse bis zum Aufsammeln der Nüsse. Es hing alles von der Nachsaison und den Mondvierteln ab. Stand eben in den Sternen.

Manchmal dauerte es etwas, bis Coco aus den brennenden Dornbüschen zurückkam. Die Kunden verlangten so einiges, ‹dasselbe noch mal› oder ‹bis zum Geht-nicht-mehr›; bei Nachbestellungen hängte die vorausplanende Coco ihren Schal an eine Eiche. Das hieß:

«Ich lasse meine Fahne hier. Bin gleich wieder da. Nur Geduld, mein Dicker. Wir werden uns einen Muscadet genehmigen.»

Eugène machte es wie alle anderen. Er aß eine Tüte Pommes an der Imbißbude und wartete, bis er dran war. Die 45-Tonner, die *T.I.R.*, *MAN* und *Kässbohrer* schlafften ab, die Motorhauben zum Kühlen geöffnet.

Coco kam. Sie rückte eben ihre Kleider zurecht und rief in das Durcheinander:

* Bougie, Stadt in Algerien, auch Kerze

«Zwei! Wie immer! Ich bin vielleicht klatschnaß! Tschuldigung, ich konnte ihn nicht einfach abfertigen, war ein guter Kunde! Zum Wohl!»

Sie stießen an.

Es stank nach heißem Öl, doch die Sonne schien. Die Stimmung war gut. Cocos vierzig Räuber lernten sich nach und nach alle kennen.

Manchmal einigte man sich gütlich:

«Sag mal, Eugène», sagte ein Fernfahrer, «ich hab's heute eilig. Muß bis Maubeuge und hab verderbliche Ware. Läßt du mich vor dir dran? Ich muß Coco ja schließlich nicht im Mondschein küssen!»

Oder Coco hielt sich an die Zeit für den Aperitif, schob dann ihr Glas weg und erklärte:

«Also los! Wann du willst.»

Und sie gingen sich balgen.

Doch an diesem Donnerstag, zu dieser ungewohnten Zeit, hegte Eugène andere Wünsche. Mit etwas Glück hoffte er, eine Neue ausprobieren zu können, ein zartes Lendenstück, eine außergewöhnliche Kunstturnerin. Ein Fräulein.

Sobald er das rote Auto sah, wußte er, sie war da. Vorsichtig umschiffte er Cocos wehenden Schal – den mit den Eiffeltürmen – und versteckte sich im Gebüsch.

Fünf Minuten später sah er das Ziel seiner Wünsche auf einem seltsam verschlungenen Pfad daherkommen. Sie stieg über das Dornengestrüpp, um ihre langen schwarzen Stiefel nicht zu zerkratzen. Ihr Haar war verwuselt. Das war das Gelobte Land. Sie war eine Erscheinung.

Ja, mehr noch, sagte sich Eugène, sie war zu schön, um wahr zu sein.

Ein Typ im Blaumann folgte der Domina. Er sah ziemlich eingeschüchtert aus. Wie ein Würmchen kroch er ihr hinterher. Er holte sie ein, indem er sich durch das dichte Gestrüpp schlug. Von oben bis unten zerkratzt, diente er sich ihr höflich an und entfernte das Unkraut, damit sie bequem durchkam.

Das exotische Viertelstündchen war over.

Die Trommeln verstummten. Sie reichten sich die Hände. Der Kerl wandte sich ab von der Dschungelschönheit und schritt auf die zivilisierte Welt zu. Er sah richtig aufgemöbelt aus und stieg beschwingt in einen riesigen gelben LKW. Mit einer gewohnheitsmäßigen Handbewegung zog er seine Hosen hoch und knallte die Tür zu. Der Motor heulte unter dem Fuß dieses Weltmeisters auf. Mit allen Winkern blinkend, bog er in die Nationalstraße ein. Aus der anderen Richtung kam ein Titan und hielt an.

Das Mädchen winkte ‹Obst und Gemüse› nach, bei dessen Transport sie etwas mitgeholfen hatte. Der Neuankömmling zerquetschte seine Hupe zum Brunstschrei. Die Dompteuse überhörte diese kreatürliche Äußerung. Sie wachte auf aus ihrer Träumerei, ließ die Peitsche knallen und bedeutete Eugène, ihr zu folgen.

Er krempelte die Ärmel auf, um seine Arme zur Geltung zu bringen. Zog den Bauch ein und ließ seine Muskeln spielen. Er wagte nicht, sie direkt anzusehen.

Sie trällerte wie eine Sirene und führte ihn in die Büsche, zu ihrem Schlupfwinkel, ihrer Grotte, ihrem Naturbett. Er hatte den wiegenden Gang eines Matrosen, der begeistert auf die Klippen zusteuert, um dort zu zerschellen.

Eugène legte einen Zahn zu, um die Lorelei einzuholen.

Er war ein guter Beobachter. Der Hintern kam ihm bekannt vor. Aber er konnte den dazugehörigen Namen nicht finden. Man kann einen Hintern wiedererkennen und sich doch nicht an seinen Namen erinnern. Bis sie sich dann umdrehte. Da platschten ihm die Worte glatt aus dem Mund:

«Ach, du grüne Neune! Madame Chapeau!» stöhnte Eugène.

«Hier heiße ich Julie La Fête, Herr Macareux», erklärte Juju mit einem fatalen Augenaufschlag. Sie wechselte die Tonart:

«Ach, Eugène! Häng nicht da rum, wie so 'ne Pfeife! Im Fahrstuhl hast du ja vielleicht einen gewissen Ruf, aber hier sind wir auf freiem Feld. Also, sei lieb und zeig mir, daß du deine Arme gebrauchen kannst.»

«Aber gern ...», sagte Eugène und streckte sie ihr hin.

Sie richtete sich darin ein. Er fand sie leicht. Sie zirpte für ihn ganz allein.

«Na los, King Kong! Noch hundert Meter ... ich hab die Heia gerade frisch bezogen ... Du wirst sehen, Blümchenlaken. Nur doppelte Veilchen ...»

15

Ich heiße Alcide Prébois und schwimme frei in meinen Hosen. Keine Gürtel mehr. Die Zeit der Träger ist gekommen. Ich bin siebzig und verliere seit Januar schnell an Gewicht. Ich glaube, mit mir ist es aus. Der Krebs steckt irgendwo in mir. Manchmal ist da so ein Schmerz. Ich taste mich rasch ab, als suchte ich etwas in meinen Taschen. Es steckt tief drinnen und spielt Verstecken in meinem Bauch.

Da ich so abgemagert bin, hat sich die Haut an meinem Hals in Rillen gelegt – in Falten, wie sie einige Arten von Federvieh haben, hauptsächlich die Puter. Und auch noch rot. Der reichliche Genuß von edlen Tropfen hat meine Nase etwas verschnapst, meine Augen sind am Abend ein wenig blutunterlaufen und am Morgen gelblich.

Aber meine Hand zittert noch nicht, ich hab nie auch nur einen Hauch von Schnupfen gehabt und behalte meine bäuerlichen Gewohnheiten bei. Früh auf und nach dem Abendbrot ins Bett.

Seit einem halben Jahrhundert schlafe ich mit «Der französische Jäger» ein. Eine Bibel. Ein Nachttischbuch. Ich erinnere mich noch, wie er 30 Centimes kostete, und heute sind es 2 Francs. Im Winter trage ich Nagelschuhe, im Sommer Ledersandalen. PVC kenn ich nicht. Nur Natur.

Und immer wieder die Liebe! Ach, die Liebe! Die große Liebe zur Erde!

Ich bücke mich oft, hebe eine Handvoll Lehm auf und zerkrümele ihn wehmütig. Ich weine, beweine die Erde. Ich heule Rotz und Wein. Denn bevor ich zum menschlichen Abfall wurde, eingepfercht in ein Vororthäuschen, umkreist von hundert Meter hohen Türmen, vor all dem war ich ein freier Mensch.

Ich war Gärtner.

Bei den Prébois war das seit hundertfünfzig Jahren so. Man züchtete Rosen, Begonien, Geranien – mit gesundem Menschenverstand, Erfahrung und einem grünen Daumen. Bei uns wurde von Generation zu Generation überliefert, daß die Knospen aufspringen, die Eisheiligen warnend vorbeiziehen, der Frost die Furchen schließen und die Glocken die Beete wärmen müssen und daß der Mist die Erdschichten nähren soll. Ich habe auf einem guten Stück Nährboden mit den Pflanzen herumgepusselt, bis die Bulldozer, die *Hoch Tiefs*, die Kräne das Terrain besetzten und die Gärtner entwurzelt wurden.

Sie haben ihre Drecksgebäude aufgerichtet – wie Brennnesseln hingesät. Betonklötze, Wolkenpimmel – *Prisunic* und *Monoprix* –, nur Sauereien. Lebt wohl, ihr Strohhüte und Heckenschneider, die Zeit der Plastikhelme ist angebrochen. Lebt wohl, ihr Pfingstrosen und Chrysanthemen – nunmehr werden die Blumenbeete von Sklaven aus Algier, Santiago, Galizien oder Salamanca zertrampelt.

Doch ich werde bis zum bitteren Ende Widerstand leisten. Ich bin das letzte Fleckchen Erde. Die Betonungeheuer sind hochgeschossen und haben die Sonne verschluckt. Sie kreisen und engen die tausend Meter Boden ein, die mir noch bleiben. Sie ersticken das Häuschen. Es ist kalt darin, wie in einem Keller. Ich friere, weil mich das Tageslicht nicht mehr erreicht. Dazu haben sie mir auch noch den Strom abgesperrt. Heute früh, erst heute früh. Ich weiß, was das bedeutet.

Morgen, spätestens übermorgen, werden die Männer in den gelben Plastikjacken kommen, um abzureißen. Der Schaufelbagger wird sich an der Gartenmauer zu schaffen machen. Sie werden alles umschmeißen, die Gewächshäuser zerschlagen, die Spaliere, die Pergola und sogar die kleine Cupido-Statue, die Julie-Berthe so gut gefällt.

Sie ist meine einzige Freundin, meine Vertraute. Ein kleines, rothaariges, siebenjähriges Mädchen, das stundenlang mit dem alten Alcide plaudert. Sie hat mein Leben schon allein durch ihre haarsträubenden Geschichten verlängert. Welche Phantasie! Welcher Lebenshunger! Und diesen Billy-ze-Kick müßte es im wirklichen Leben geben.

«Sag, Alcide, ßeigst du mir, wie Bienen Honig machen?»

«Sag, Alcide, wie werden die Raupen ßu Ssmetterlingen?»

Nur deshalb, nur für sie, habe ich Kokons in Streichholzschachteln aufbewahrt und ein Bienenhaus angelegt. Dieses Kind rührt mich. Diese kleine Frau. Diese kleine Gefährtin meiner letzten Tage.

Mein Entschluß ist gefaßt.

Ich werde den Invasoren einen deftigen Empfang bereiten. Ich werde ein Testament hinterlassen. Mehrere Seiten lang. Da werden sie noch nach meinem Tod dran zu lesen haben. Es mehrmals aufschlagen. Glaubt mir, die Schweine werden was erben. Etwas, das sie verdienen. Ich werd's ihnen zeigen. Und jetzt, genug geredet.

Ich muß den Empfang vorbereiten. Ich muß mich für all das rächen, was mir in dieser Scheißgesellschaft passiert ist.

Ist alles von langer Hand vorbereitet. Ich habe es kommen sehen. Seit der Befreiung von den Nazis habe ich ein ganzes Arsenal aufbewahrt. Granaten, Dynamit und Sprengstoff für einen ganzen Häuserblock. Vor dreißig Jahren war ich Spezialist für Explosivstoffe. In meinem Sektor haben die Deutschen einiges mitgemacht. Wir haben ihnen tolle Freudenfeuer vorgeführt. Pfeifend lege ich meine Drähte vom Keller zum Speicher. Ich brauche nur an die Explosion des Waffenlagers in Issy-les-Moulineaux zu denken und zwei Tage später die Sabotage der Eisenbahnlinie Paris–Straßburg. Das waren noch Zeiten! Ja, das war noch was.

Gerade höre ich, wie Julie-Berthe aus dem Garten nach mir ruft:

«Alcide, Alcide. Hier ist dein Sspatß, deine Dsulie! Wo bist du?»

Ich mache, daß ich schnell runterkomme. Sie läuft mir entgegen. Kleine Frau. Kleines Mädchen. Deine Sommersprossen, deine kalte Nase.

«Alcide, Alcide! Weißt du was?»

«Nein.»

«Billy-ße-Kick ist gekommen! Er hat die Braut umgebracht ...»

Sie erzählt mir alles. Ich amüsiere mich köstlich, obwohl mich gerade ein scharfes Stechen in der Bauchgegend durchzuckt. Ich lächle über meinen Schmerz.

«Ich habe es schon immer gesagt, Julie-Berthe. Billy lebt. Es gibt ihn ganz sicher.»

«Ich habe es nicht geglaubt. Aber jetßt glaub ich es. Sieht aus, als ob er all diese Ssnepfen abmurksen wird.»

«Nicht nur das. Er wird alles in die Luft jagen. Er wird noch von sich hören lassen, glaub es mir.»

Sie sah beunruhigt aus:

«Und wird Vati ihn ssnappen?»

«Er wird ihn nicht schnappen. Keiner kann Billy schnappen.»

«Kennst du ihn?»

«Ich kann ihn mir gut vorstellen.»

«Wie ist er denn so?»

«Er ist ein bißchen so, wie man ihn sich wünscht. Für manche ist er groß, schön und dunkelhaarig. Für andere ist er alt und knurrig. Für noch andere ist er weder schön noch häßlich, weder alt noch jung. Mit bloßem Auge unsichtbar. Oder hautfarben, wie du willst.»

«Aber er ist grausam, nicht wahr?»

«Blutrünstig.»

«Ich habe ihn sson gesehen. Ich sehe ihn oft ...»

«Wo denn?»

«Kann ich nicht verraten. Ist ein Geheimnis.»

Sie zappelt, zieht die Aufmerksamkeit auf sich und legt wieder los:

«Vielleicht habe ich ihn sogar heute früh gesehen. Ich hab so meine Ssweifel. Jedenfalls sehe ich ihn immer im Traum. Wenn ich einsslafe, fährt er auf dem Motorrad vorbei. Du wirst das doch nicht weitererßählen? Du wirst nichts erßählen, mein Lieber. Er tut so, als kann er nicht Motorrad fahren, doch ich glaube, er muß es können.»

Julie-Berthe schwebt auf den Schwingen ihrer Phantasie dahin. Ich höre sie gern mitten in einem Märchen planschen. Ich, Alcide, werde ihrem Helden Glaubwürdigkeit verschaffen. Ich habe immer davon geträumt, daß mein Tod eine Farce sein wird.

«Er hat mich auf den Mund geküßt. Erst heute. Das hatte ich nicht erwartet. Gefällt mir ganß gut ...»

Während ich ihr zuhöre, lege ich weiter meine Drähte. Drei Hauptfallen: die erste am Eingang, beim Gartentor und am Ziegelmäuerchen entlang. Ich glaube, sie werden von dort angreifen. Die zweite im Hauseingang. Die letzte im Keller – das ist nur ein kleiner Nachschlag. Ich denke, keine der Explosionen wird eine andere auslösen. So werden mehrere von denen in den Genuß kommen. Das kleine Mädchen schaut mir zu und zieht an seinen Zöpfen.

«Was sspielst du da?»

«Das wirst du bald erfahren. Paß auf.»

Ich setz mich auf die Treppe und nehme sie auf den Schoß. Sie läßt sich zwischen meinen Beinen nieder, und ich klemme sie nicht zu fest ein. Sie ist ganz warm, wie ein Küken. Ich halte ihr Hinterteil in den Händen. Mein alter Federkiel errötet in den Tiefen meiner Hose. Ich schäme mich und sage:

«Julie-Berthe. Ich werde weggehen. Es muß sein. Ich gebe dir meinen hübschen Azaleentopf, du weißt schon, den du so gerne magst.»

«Ist das das Gessenk?»

«Das und auch noch etwas anderes, aber das wirst du erst später erfahren.»

«Gut. Ich sstelle keine Fragen.»

«Sehr gut. Jetzt geh. Lauf zum Gewächshaus und nimm die Azaleen mit. Dann gehst du nach Hause und bleibst schön dort.»

«Die rosaroten Aßaleen?»

«Das sind die schönsten. Küß mich.»

«Kuck. Ich ssmatß dich auf den Mund.»

Ein ganz nasser Kuß, der nach Zucker schmeckt. Schon ist sie weg. Von der Treppe aus sehe ich ihr nach. Sie geht ins Glashaus hinein. Ich lasse meinen Blick zu den Betontürmen abschweifen. Das kleine Mädchen kommt wieder heraus. Sie preßt den Blumentopf an sich. Ich habe ihn mit viel Liebe vorbereitet. Ein farbiges Papier drumherum mit grünem Seidenband.

Sie winkt mir zum Abschied zu. Tritt aus dem Gartentor. Schon verschluckt sie der Schatten der Riesentürme.

Ich führe meine Arbeit zu Ende.

Es ist vollbracht. Gut gemacht. Ich ziehe meine Pantoffeln über, als ginge ich zu Bett. Ich gehe hinauf in den ersten Stock, in mein Schlafzimmer. Schreibe meine letzte Nachricht. Öffne die Tür meines Spiegelschranks und schlüpfe hinein. Ich ziehe die Tür hinter mir zu. Im Finstern spüre ich einen Schmerz, der meine Eingeweide erschauern läßt und bis zu meinem Magen hochkriecht. Damit ist ab jetzt auch Schluß.

Ich drücke mir das Gewehr gegen den Mund. Ein kalter Kuß und ich bin tot.

16

Sie hieß Peggy Spring.

Wie der Frühling. Wie eine Feder in Englisch. Sie hatte Pep, Allüren und den Akzent von Maidenhead (einem feinen College in der Nähe von London). Ihre Nachbarn nannten sie Mademoiselle. Weil sie fröhlich war, weil sie aus einer amerikanischen Komödie zu stammen schien, weil ihr Hintern anregend war.

Man mochte sie. Sie war diskret. Hatte sich durch kleine Geschenke bei Madame Achère eingeschmeichelt.

Sie hatte einen sehr schönen Rücken. Tolle Schultern. Von Natur aus lange Wimpern. Einen langgestreckten Körper. Ihre Haut war glatt. Ihr Blick seltsam. Morgens grün, dunkelblau, wenn der Himmel verhangen war. Sie pflegte ihre Hände.

In genau dieser Minute streifte sich Peggy mit äußerster, zarter Sorgfalt ihre Strumpfhose über. *Baby long legs:* ‹Macht Beine bis zum Halsansatz.›

Jetzt kam sie zu ihrer Lieblingsbeschäftigung. Schminken. Sie liebte Schwarz: eine abgründige Farbe, die gut zu ihren Klamotten paßte.

Im allgemeinen waren ihre Kleider rot, oft auch braun. Immer schlicht. Ohne Klimbim, ohne auch nur ein Schmuckstück, das die Strenge aufgelockert hätte.

Sie stilisierte ihr Gesicht.

Ihre Wangenknochen waren hoch, die Nase gerade, die Stirn frei. Ihr Make-up war hell, das Puder durchsichtig. Sie malte braune und graue Schatten über die Augen, die den Bogen unter den Brauen aushöhlten und sich zu den Schläfen verwischten. Von den Ohren bis zu den hohlen Wangen modellierte ein violetter Schatten ihr Gesicht. Ihr Mund machte den Männern Appetit. Sie malte ihn rotbraun an. Hatte einen glänzenden Lippenstift in dieser Farbe gefunden. Dieser Anflug von Frische faszinierte die Schleimscheißer. Darüber mußte sie laut lachen und entblößte ihre strahlenden Zähne.

Chapeau, dem Bullen von gegenüber, lief nachgerade der Speichel aus dem Mund. Er hätte nicht gemerkt, wenn ihm die Spucke übers Kinn gelaufen wäre.

Peggy hatte diese Siedlung ausgesucht, um ihre Ruhe zu haben. Sie konnte zu jeder Stunde nach Hause kommen. So konnte sie ihr Doppelleben verbergen. Die Leute kamen nur zum Schlafen hierher. Kannten sich kaum. Frühmorgens gingen sie weg, streckten die Arme nach Vorortzügen, Stichuhren, Kantinen und Büros aus. Arme Masse, arme Schafe, arme Herdentiere. Sie, Peggy, war frei.

Als Beruf gab sie Künstlerin an. In einem Nachtklub am linken Seineufer – dem *Alcatraz*. Ihre Spezialität war Marlene. Die einzige weltberühmte Marlene. Die Dietrich.

Eine sensationelle Nummer: Sie trat ganz in Schwarzweiß auf, wie aus einem Stummfilm entsprungen. Vor den Scheinwerfern drehte sich eine Scheibe, die wie das Malteserkreuz einer Kamera wirkte. Man hätte schwören können, daß sie sich in 16 Bildern pro Sekunde bewegte.

Sie sang im Playback mit der Stimme des Blauen Engels.

Sie wünschte sich, daß Herr Josef von Sternberg sie in diesem Augenblick hätte sehen können.

Vor ihrem Frisiertisch trällerte sie los:

Don't try to change my way.
Look me over closely.

Jeden Abend fiel der Schnee auf ihre Schultern. Sie schritt in einem Umhang aus Silberfuchspelz dahin. Die deutschen Soldaten erschossen sie auf der Bühne. Oder sie trug einen glänzenden Zylinder und smokte eine Virginia in einem langen Mundstück. Ihr Hintern hockte auf einem Bierfaß. Die Typen aus der ersten Reihe begutachteten ihr lila Strumpfband und tranken dazu 450-Francs-Sekt. Sie, Peggy, war mit ihrem wehmütigen Augenaufschlag und ihrem Kußmund der Vamp, und sie verkaufte den Heinis Träume.

Ihre Stimme wurde zur steinigen Oase. Der Beifall schwoll an. Unbeteiligt hüllte sie sich in überseeischen Rausch. Sie kündigte in Englisch an:

«The last song ... so this is the last and in-e-vi-table one ... Falling in love again!»

Nach einigen Bravo-Rufen zu den ersten Worten wurde es still. Sie schloß die Augen. Marlene übernahm:

Falling in love again.
Never wanted to ...
What am I to do?
I can't help it,
I can't help it.

Wirklich, im tiefsten Inneren war Peggy Marlene. Ganz und gar. Sie lebte nicht nur in der Wirklichkeit – war die Widerspiegelung einer Erinnerung, die Lust, erotisch, begehrt, wunderbar zu sein.

Love's always been my game.
Play it how I made.
I was made that way.
I can't help it!

Und sie lebte.

Wenn sie nicht der Blaue Engel war, war Peggy etwas anderes. Das war ihr Geheimnis.

Als sie ihr Köfferchen gepackt hatte, zwinkerte sie sich im Spiegel zu, und das Spiegelbild zwinkerte zurück.

Sie verließ die Wohnung.

Im Treppenhaus traf sie Julie-Berthe. Das Gör war allein im Halbdunkel. Saß zusammengekrümmt neben einem Blumentopf.

«Guten Tag, Julie. Was tust du da?»

«Ich warte auf Dsudsu. Bei uns ist niemand alla casa. Ich muß pinkeln ...»

«Da hast du aber schöne Blumen!»

«Jaha. Ein Gessenk. Alcide hat sie mir gegeben ... Ich muß immer mehr pinkeln ...»

«Geh doch eben zu mir rein. Du weißt doch, wo das Klo ist?»

«Jaha. Danke ssön, Mademoiselle.»

Sie verschwand in der Wohnung. Peggy blieb allein mit dem Blumentopf. Sie zog ihre Handschuhe über. Dann betrachtete sie die Azaleen. Sie schob die Verpackung zur Seite und entdeckte einen Umschlag. Öffnete ihn und las den Text sorgfältig durch. Das war ja traumhaft. Schnell legte sie den Umschlag zurück. Hinter ihr fiel die Wohnungstür zu. Sie richtete sich auf und sagte:

«Deine Blumen sind wunderschön!»

«Jaha. Uau, jetßt geht's mir besser ... echt besser ... Ein Glück, daß Sie mir aus der Patsse geholfen haben, ich hätt's nicht länger ausgehalten!»

Dann ging Julie-Berthe zu einem anderen Thema über:

«Hast du gehört, Billy-ße-Kick ist gekommen. Paß nur auf, meine Liebe. Er hat eine Braut gedingenst.»

Und sie erzählte alles, was sie zu Hause gehört hatte. Alles, von A wie Alcide bis Ds wie Dsulie-Berthe. Peggy hörte interessiert zu und ließ sich die Einzelheiten erklären. Sie warf einen schnellen Blick auf den Blumentopf und sagte:

«Billy ist ein starker Typ.»

«Jaha», schloß Julie-Berthe und schnippte mit den Fingern, «und das ist noch längst nicht alles … Du wirst sson sehen.»

Peggy sagte ihr, sie renne offene Türen ein. In diesem Augenblick begann das Telefon in der Wohnung Chapeau zu klingeln. Sie zuckten die Achseln und versicherten einander, daß sie echt nichts tun konnten, da die Tür abgeschlossen war.

Peggy nahm den Fahrstuhl und rannte los, sobald sie auf dem Bürgersteig war, und verschmolz sogleich mit der Stadt.

Julie-Berthe blieb allein im Treppenhaus zurück. Sie langweilte sich furchtbar, als sie eine Ameise auf den Fliesen vorbeikriechen sah. Da zog sie ein Stück Kreide aus der Tasche und malte einen weißen Kreis um das Viech. Um festzustellen, ob ein symbolisch gefangengenommenes Insekt wirklich nicht zu flüchten wagt.

«Ultimatum», murmelte sie.

Das Wort hatte sie am Vorabend in den Fernsehnachrichten gelernt. Im Zusammenhang mit einem Krieg in Afrika.

«Ultimatum», wiederholte sie.

«UL-TI-MA-TUM! Oder ich dingense dich!»

Da die Ameise sich nicht regte, trommelte sie mit dem Stück Kreide auf ihr herum. Emsig klopfte sie sie zu Brei. Genauso eifrig, wie sie ihre Vokabeln in der Schule abschrieb.

«Gedingenst, meine Liebe!» rief sie aus.

Ihr war heiß vom Lippenzusammenkneifen. Sie zog das Hemd aus dem Rock, besah ihren Bauch und tauchte den Finger in sein Auge.

«Zyklop!» trillerte sie.

«Zieh grob, sie kloppt, Sieg plopp!»

Sie dachte an Billy-ze-Kick.

«Was würde ich nicht alles darum geben, erwachsen ßu sein», seufzte sie abschließend.

17

Eugène schwenkte seinen Unterleib nach hinten und verstaute das Ganze in der Unterhose.

Sprachlos starrte Julie La Fête auf das Veilchenmassaker. Die Blümchen würden sich nie mehr von der heutigen Märchenstunde erholen. Sie seufzte und stand auf. In ihrem Kopf drehte sich alles. Gedankenverloren kratzte sie sich am Pürzel. Ihre Wangen brannten. Ihr Bauch war so hart, daß er ihr fast weh tat.

«Was bin ich schuldig, Madame Chapeau?» fragte Eugène.

«Du schuldest mir nichts. Doch sei diskret. Ich verlaß mich drauf.»

«Das können Sie, Madame Chapeau. Das können Sie … Aber bin ich Ihnen nicht doch eine Kleinigkeit schuldig?»

«Ich kann dir kein Geld abknöpfen. Du bist ein Nachbar. Komm also nicht so oft wieder … aber komm trotzdem. Denn du hältst die Stellung. Die richtigen Männer sind eine Erfrischung. Eine Atempause … Eugène, du warst mein *Nogger*, mein Pausensnack. Mein wilder Bär …»

«Da kann ich nichts für, ist halt meine Natur, Madame Chapeau!» Eugène sagte das ohne Ziererei. Er war halt bescheiden.

«Und nenn mich nicht Madame Chapeau, da krieg ich glatt Heimweh.»

«Meine Julie! Mein Zuckerstückchen», balzte Eugène etwas süßlich, «darf ich dich was fragen?»

«Frag nur! Wir werden sehen.»

«Warum tust du das? Warum gehst du ins Gebüsch?»

Sie setzte eine verträumte Miene auf. Der Spleen paßte ihr wie ein Handschuh. Ach, wenn Marcel Azzola die Stimmung nur mit einer Kaskade von Valse Musette versüßt hätte, es wäre noch ausdrucksstärker gewesen. Noch irrer.

Die Domina senkte den Augenlidervorhang, formte die Wimpern zum Schilfkranz und machte die Pupillen dicht.

«Weil ich mich vergessen will. Du kannst dir gar nicht vorstellen, wie gut es tut, nicht mehr man selbst zu sein ... jemand anders zu sein. Paß auf, ich erzähl's dir ...»

«Wenn Sie wollen ...»

«Jaja, ich will! Ich wäre gern ein Superstar geworden! Berühmt eben! Filme drehen, tolle Rollen spielen ... Jolly Julie hätt ich mich genannt. J. J., wie B. B., wie C. C., wie so viele andere, die für *Lux*-Seife Reklame machen. Statt dessen bin ich in Angoulême geboren und habe Chapeau geheiratet! Das sind Schicksalsschläge, was?»

Das war der Augenblick, den Edouard, der seinen Vater suchte, unglücklicherweise gewählt hatte, um unvermittelt hinter einer großen Eiche hervorzutreten. Der Anblick, der sich ihm bot, traf ihn wie der Blitz, und inmitten der Eicheln ging er in die Knie. Ein einziges Wort kam dem Karottenkopf in den Sinn. Da er keine Mutter mehr hatte, murmelte er: «Paapaa!»

18

Ich heiße Clo wie Claudine und bin ganz schön hübsch. Ich arbeite bei *Prisunic* am Fotoautomaten. Eine saubere Arbeit. Drüber trage ich eine Bluse und drunter nichts. Meine Haut ist hell, weil ich eine echte Rothaarige bin. Das heißt auch, daß meine Oberschenkel innen sahnig aussehen, und genau dahin gucken die Kunden am meisten. Durch die Spalten des Vorhangs sehe ich ihre Augen. Sie lassen sich Zeit und riskieren einen Blick, wenn ich mich bücke. Sie kramen nach Kleingeld. Die Schlauesten unter ihnen behaupten, der Automat sei kaputt. Wenn es ein Alter ist, bin ich schnell mit ihm fertig. Ich schick ihn in die Wüste. Aber wenn es ein schöner Junger ist, richte ich es immer so ein, daß ich mich an ihn drücken kann. So zum Spaß. Ich tue so, als ob ich seinen Kopf geraderücken oder den Drehsitz auf die richtige Höhe einstelle.

Der dunkelhaarige junge Mann war letzte Woche dreimal da. Er sieht aus wie Tony Curtis, als der noch jünger war. Lange Wimpern. Genau mein Typ. Sieht aus, als ob er das auch mitgekriegt hat.

Fünf vor sechs: So langsam geh ich zum Umziehen in meine Kabine. Zieh den Lederanzug über. Wir sind in ‹Les Flanades› verabredet. So heißt das neue Freizeitzentrum, das sie gerade letzte Woche eröffnet haben. Ein ganzes Labyrinth von unterirdischen Gängen. Wie in Paris. Da stinkt es förmlich nach Kohle. Schicke Läden, Imbißkneipen, Selbstbedienungsrestaurants, Boutiquen mit Geschenkartikeln, Plakaten und Platten. Echt in. Da gehen auch alle Jugendlichen hin. Viele Motorradfahrer treffen sich dort. Sammelpunkt ist normalerweise vor dem pakistanischen Laden. Die Typen sind vielleicht hergerichtet – das glaubste kaum. Ganz in Leder, auch wenn sie nur ein Solex oder eine Vespa fahren. Alles nur Angeberei. Sie blicken finster drein und stiefeln mit einem roten Integralhelm durch die Gegend. Das ist für diese Milchbubis so was wie 'ne Handtasche.

Doch das zieht nicht. Bei mir greift das Männchenmachen nicht. Aber meinen jungen Mann, den hab ich letztens wegfahren sehen. Er ist mir auf der Straße gefolgt. Ich hab mitgespielt. So getan, als sehe ich ihn nicht. Hab ihn aber im Rückspiegel beobachtet. Der war wirklich wie mit seiner Maschine verwachsen. Dazu müßt ihr wissen, ich bin 'ne Motorradbraut. So nennt man Mädchen, die Feuerstühle fahren. Ich habe eine 500er *Honda four* mit doppelten Scheibenbremsen und *Akront*-Felgen. Ich hab mir eine Sitzbank mit Rückenlehne – eine tiefliegende *Speed* – anbringen lassen, um mit den Füßen leichter auf den Boden zu kommen.

Was ich so erzähle, ist vielleicht etwas sehr technisch, aber ihr sollt schnallen, daß ich nicht gerade von gestern bin. Nun, und er, glaubt's mir oder nicht, er hat eine 750er *Trident* unterm Arsch. Und denkt ja nicht, da sei was Amateurhaftes dran: Renn- und Motocrossrekorde, Goldcup 70 und 71. Da glotzt ihr! Der vergibt sich nichts. Fegt los wie ein Hurricane. Hat mich glatt stehenlassen. WRRRWWRRRUMM! Laß ich mir gefallen.

Am nächsten Tag war er wieder da, um Fotos zu machen. Ich hab ihn ganz ordentlich ausgefragt. Wir haben gefachsimpelt. Und jetzt warte ich ungeduldig auf ihn. Da ist er ja schon.

Er nimmt meine Hand, als würden wir uns schon kennen. Wir gehen raus aus ‹Les Flanades›. Das ist was für Normalos. Wir brauchen den weiten Raum. Seine Maschine steht neben meiner.

«Fährst du mir nach», fragt er mich.

Er hat die schönsten Augen der Welt. Ich antworte nicht einmal. Starte mit Karacho und fahr schon los. Zwanzig Sekunden später hat er mich eingeholt. O yeah! Ich hebe den

Daumen gen Himmel. Wir fahren Seite an Seite. Hinter meinem Plexivisier ahne ich sein Lächeln.

Plötzlich dreht er ab und steuert auf unbebautes Gelände zu. Die Ecke kenn ich: Da steht eine Bretterbude unten in einer Sandgrube. Noch fünf Minuten und das Röhren unserer Zylinder verstummt. Die Motorräder lehnen auf ihren Ständern, Lenker an Lenker.

«Unsere Maschinen schließen Bekanntschaft», sagt er. Es stimmt, sie sehen aus, als verschränkten sie freundschaftlich ihre Speichen. Er setzt sich hin. Ich daneben. Zieh an meinem Reißverschluß. Er starrt mich stumm an. Weiß, daß ich ihm ausgeliefert bin. Ich fühle mich sanft und warm. Er küßt mich. Unter meinen geschlossenen Lidern sehe ich Goldfunken sprühen. Die Sonne versucht, zu mir durchzudringen.

Er küßt gut. Ich zerfließe. Ich will.

«Ich will, daß du es mir besorgst», sage ich und drehe völlig durch. Ganz allein zerre ich meinen Reißverschluß auf und führe seine Hand. Er streichelt mich. Ein paar Schweißtröpfchen perlen auf meinen Lippen. Ich kneife sie zu und drücke sie aneinander. Hauche:

«Ich kenne nicht einmal deinen Namen ... Wie heißt du?»

Ich schlage die Augen zum Schlafzimmerblick à la Sylvie Vartan auf. Er starrt mich an. Ich sehe nur seine Pupillen in Großaufnahme. Sein Gesichtsausdruck ist schwer zu beschreiben. Er antwortet:

«Ich heiße Billy-ze-Kick.»

Ich schließe die Augen. Sehe rote Pünktchen, wie Schlakken, die am Grunde eines Kessels tanzen. Ja, ein Feuer, ein Feuer zieht mir durch den Kopf. Zuerst ist es zu heiß und dann verlöscht es plötzlich, ohne Übergang.

Billy erwürgt mich gerade, und ich sterbe ohne einen Laut.

19

Da es sson sechs ist, bin ich ßu Madame Achère gegangen, damit sie mir die Wohnung aufssließt. Ich hatte die Ssnauße voll vom Warten im Dunkeln. Und außerdem hab ich Hunger. Joghurt mit Marmelade, da ssteh ich drauf. Bin sson beim dritten Becher. Sspüre, wie sich mein Bauchfell sspannt. Hab den Ranßen voll. Muß aufhören. Das wäre vernünftiger. Ich sspringe vom Hocker, ssließe den Kühlssrank und denke nach.

Komiss, nicht, vor dem Nachdenken muß ich immer essen. Und umgekehrt: Wenn ich lange nachdenke, bekomme ich einen Bärenkohldampf. Ein Kreis eben. Ich hab halt den Teufel im Leib.

Mir passieren doch tolle Sachen, und ich bin ein Kind, das unter dem Ssutß der Patronen ssteht. (Die Patronen sind meine ganß privaten Götter nur für mich.) Ich hab ein Supersspielßeug gekriegt. Ein richtiges Gessenk vom Weihnachtsmann.

Ich les noch einmal den Ssettel durch, den ich im Aßaleentopf gefunden habe. Eine Botschaft von Billy an mich, an mich allein. Da ssteht:

Liebe Julie-Berthe,
ich bin bei dir. Überall und nirgendwo. Ich sehe Dich, wenn Du schläfst. Ich gehorche Dir ohne Wenn und Aber. Ein Wort von Dir und ich werde Deine Befehle ausführen. Sag mir, wer sterben soll, und Du wirst sehen, es geht in Erfüllung. Dein treuer Billy-ze-Kick.

Ein Wunder. Ein Traum. Jetßt werde ich nicht mehr nur Ameisen, Ssnecken und Heussrecken dingensen, jetßt geht es an die Menssen. Und das ist viel toller, hurrah! Ssu meiner Verfügung sstehen ein Mörder, der dingenst, und Opfer. Aber echte, Mann. Nicht so gemachte wie im Fernsehen oder in der Sseitung. Ich sspiele mit naturgroßen Erwachsenen. Soll ich euch mal was sagen? Ich habe das Gefühl, daß es hier ssön rundgehen wird, wenn sich meine Pläne verwirklichen. Ich les den Ssettel noch mal. Billy sseint ßu sagen, ich brauche es mir nur ßu wünssen und er dingenst. Da müßte ich doch aber ßuerst wissen, wer Billy ist. Um meine Besstellung aufßugeben.

Los, Dsulie-Berthe, feuere ich mich an, überleg! Überleg, wer es sein könnte! Setß dich in Bewegung, du Flasse! Ssteh nicht rum wie eine Gewitterßiege!

Ich trau mich nicht aus der Wohnung, Dsuliette könnte ja ßurückkommen. Verdammt, verdammt. Aber wo bleibt die überhaupt? Nie da, wenn man sie braucht. Jeden Nachmittag macht sie blau. Ich sag ja kein Wort ßu Chapeau, meinem Vati, aber Dsudsu übertreibt es. Der Sache muß ich mal nachgehen. Würde mich nicht wundern, wenn sie einen Kerl hat. Vielleicht ssweinigelt sie sogar rum. Man kann keine Hypothese von vornherein aussließen. Also, erste Aufgabe: Dsudsu bessatten. Zweite Aufgabe: Hippo klarkriegen. Dritte Aufgabe: Mademoiselle überwachen. Ich weiß auch nicht, warum, aber mir sswant, daß die Peggy nicht so ganß kosser ist. Bei allem, was ich ihr erßähle, sitßt sie in der ersten Reihe. Führt sicher ein Doppelleben. Ist nachts nie da. Immer geheimnisumwittert. Würde mich nicht ersstaunen, wenn sie Billys Geliebte ist. Nicht besonders ersstaunen, meine ich.

Mit wem fange ich an? Mit ihr natürlich, denn das ist das naheliegendste. Ich öffne die Wohnungstür einen Spaltbreit und sspähe in den Gang. RATASSONG! Ich höre Ssritte im Treppenhaus!

Ich weiß nicht, warum, kindlicher Insstinkt – ich werfe mich nach hinten und ßieh die Tür ßu. Ich ssaue durchs Sslüsselloch und wen sehe ich? Miss Sspring, die in ihre Wohnung will. Sie hat es sogar verflucht eilig. Au weia! Sie geht hinein. Die Tür knallt ßu. Ich höre genau, wie sie einen tiefen Seufßer ausstößt.

Nicht eine Sekunde später, wen sehe ich da, vier Sstufen auf einmal nehmend, die Treppe heraufsstürßen? Herrn Chapeau, meinen werten Erßeuger. Er sieht echt wie ein Bulle aus. Ssnüffelt.

Da raff ich mich auf. Setß die Miene eines vorbildlichen kleinen Mädchens auf. Sstaun, sstaun. Ihr könnte es doch auch sehen: Mein Vati kommt gar nicht in unsere Wohnung. Als hätten wir kein Brot im Ssrank. Als wär so was nur bei der Nachbarin ßu finden. Klopf, klopf, er will ßu Mademoiselle. Das interessiert mich ja nun doch. Ich sspähe wieder durch das Loch. Sie macht auf. Er fragt:

«Darf ich?» Mit erhobenem Sseigefinger.

«Treten Sie doch ein, bitte sehr», antwortet sie sogleich.

Die setßt vielleicht 'ne Sstimme auf! Die hat vielleicht 'ne Sstimme! Ein Prachtsstück. Die Tür ßur Sspring-Wohnung fällt ßu. Ich geh hinaus in den Gang und beuge mich über das Sslüsselloch, um ßu sehen, was ßwissen denen passiert.

Also das ... also das nimmt einen doch ganß ssön mit, auch wenn man sson sieben ist. Nicht jugendfrei, bitte ssön! Mein Vati ist ganß rot. Er pfriemelt an seinem Wirbel, an seinem Ssnurrbart und hat den Arm um Mademoiselle Sspring gelegt. Wenn das so weitergeht, wird er mich noch traumatisieren. So wahr ich ein krankes Kind bin. Er will sie unbedingt küssen. Das Blut ssteigt ihm ßu Kopf, er ssteuert auf einen Sslaganfall ßu, er wird es noch ssaffen, daß seine Gefäße platßen. Sau! Alter Ssmutßfink!

Das war am Gären. Seit acht Tagen ssarwenßelte er um sie rum. Ich wußte, daß das noch ein böses Ende haben wird. Also im Moment ist aber auch wirklich überall ein Rad ab. Bei den Dingen und bei den Leuten.

Wie dem auch sei, ich ssalte mich ein. Greife vor. Dringe

durch. Genau, als sich Chapeau eine gewaltige Ohrfeige einfängt.

Ich habe es sson erwähnt, Mademoiselle hat eine überrassende Rechte. Mein Vati hat ein Veilchen. Etwas K. O., ein bißchen groggy. Sehr kleinlaut. Ich sstehe nämlich vor ihm, sehe ihn mit großen Augen an und drohe ihm mit dem Sseigefinger.

Er ssnappt sich seinen Deckel. Tritt von einem Fuß auf den anderen. Säuselt:

«Julie-Berthe! Was machst du denn hier?»

«Und du?» gebe ich sslagfertig ßurück.

«Ich bearbeite einen Fall und habe in dem Zusammenhang Mademoiselle einige Fragen gestellt.»

Ich geb ihm seine Sahne:

«Clovis, du bist ein Sswein!»

Das lockert die Sstimmung auf.

Peggy Sspring unterdrückt nur mühsam ein Lachen. Ersstickt fast. Fragt mich:

«Heißt dein Vater Clovis?»

«Jaha. Aber damit gibt er nicht gerade an.»

«Und was ist mit Roger?»

«Reiner Blöff.»

Das Polißeiidol ist vom Sockel gesstürßt. Heute abend verpaßt mir Chapeau sicher eine kräftige Abreibung. Aber im Moment hält er sich lieber klein.

«Entschuldigen Sie mich. Ich habe zu arbeiten», sagt er in ßiemlich finsterem Ton. Er setßt die Roger-Miene auf, ssnallt seine Ssporen um und trabt ab.

Ich bleib alleine mit der Ssönen.

Ich will ihr gerade einen Mord vorsslagen, um festßusstellen, ob sie mit Billy im Team ist, als ich plötßlich von der Treppe her ein Poltern höre. Rataßong! Es ist ein fassungsloser Edouard.

«Komm, komm doch schon», raunt er mir ßu.

Ich dreh mich ßur Sspring um. Der entgeht nicht eine Silbe. Ich sag ßu Ed:

«Ssieß los, vor ihr kannst du reden. Ich habe vor ihr nichts ßu verbergen.»

«Ich kann's nicht sagen ... es hat mit deiner Mutter zu tun.»

«Sag's.»

«Nein, ich kann nicht, sag ich dir. Es ist eine persönliche Angelegenheit.»

«Red sson. Ich befehl's dir.»

«Du hast es so gewollt, meine Liebe», sagt Edouard und bricht in Tränen aus.

«Nun, ich höre?»

«Du hast es gewollt. Also, deine Mutter bumst mit meinem Vater!»

Es tut einen Sslag.

Peggy bittet uns ßu sich hinein. Wir hören Edouards Bericht. Er sagt uns, wo, wann und wie. Da sind wir platt. Sstarren uns alle drei an.

Welch sswerer Ssicksalsslag. Ich könnte heulen. Meine Dsudsu eine Nutte, das ertrag ich nicht. Ich heb den Kopf, ßieh meine Unterhose aus der Arssfurche. Ich sehe Mademoiselle so sstarr an, wie ich nur kann. Ich ssenke ihr meinen porßellanblauen Blick:

«Ehrenwort», sage ich in die Sstille, in der ich eine Fliege husten höre, «Ehrenwort – wenn Billy-ße-Kick existiert, bitte ich ihn, Dsudsu, meine Mutti, ßu dingensen.»

20

Zur gleichen Zeit grollte der Bulldozer und rückte mit seiner bedrohlichen Schaufel gegen Alcides Zaun vor.

Pedro aus Galizien schob seinen Helm zurück und drückte einen Hebel hoch. Gemächlich legte das Kettenfahrzeug den Weg zum Mäuerchen zurück. Die letzten Meter verschluckte die Maschine, als sei das gar nichts. Im Vollbewußtsein ihrer Macht.

Die gelbe Ölhaut des Fahrers spiegelte im Sonnenlicht. Er drückte auf einen anderen Knopf, und die Schaufel senkte sich auf Bodenhöhe. Die Maschine donnerte aus allen Rohren und prallte seitlich gegen den kleinen Ziegelwall. Es gab einen kräftigen Ruck über zwei oder drei Meter, doch die Konstruktion hielt dem Aufprall stand.

Der Bulldozer schien erstaunt über solchen Widerstand, nahm einen kleinen Anlauf und prallte heftig gegen die Gartentorecke. Die Mauer gab sofort nach, als sei sie aus Legobausteinen. Hinter einer Staubwolke zeichnete sich ein Loch ab. Pedro, Vater von acht Kindern, zog seine Schutzbrille über. Er sah nicht mehr ganz wie ein menschliches Wesen aus. Eher wie ein Teil der Maschine. Das Grollen stieg gewaltig an. Der Bulldozer donnerte los, überwand das Hindernis und blieb schließlich reglos stehen.

Die Explosion erfolgte unmittelbar danach. Der Mann in der gelben Ölhaut flog in die Luft wie eine Marionette. Eine Kette fiel ab. Sie krachte schwerfällig auseinander, während eine ganze Seite des Fahrzeugs sich senkrecht aufstellte. Seltsamerweise blieb es in dieser Position hängen. Die unzähligen Pferdestärken galoppierten weiter und übertrugen eine ohnmächtige Wut auf die Mechanik.

Der Bulldozer begann langsam, sich um die eigene Achse zu drehen.

In diesem Augenblick prasselten alle Fensterscheiben der umliegenden Gebäude wie ein klarer Regenschauer auf die Straße. Erst danach stürzten Erde und die Ziegel wieder herunter, und es wurde fast ganz dunkel.

Alcides erste Falle war zugeschnappt.

Bilanz: ein Toter und drei Verletzte.

21

Der Trichter der modernen Welt verengt sich, wenn er auf das Limousin stößt. Wenn die Zivilisation zu den Steinen des Lot gelangt, tröpfelt sie nur noch. Das Wasser selbst verliert sich unter der Erde. Man hört und erahnt es in den Tiefen der prähistorischen Grotten oder am Rand der vom Wasser gegrabenen Felsspalten, in die sich der Pflug manchmal bohrt.

Die einzige Pariser Errungenschaft, die bis in die Causse vordringt, ist das Fernsehen. Gegen die Wellen kommt man eben nicht an. Sie spazieren durch die Gegend. Sie liegen in der Luft wie eine Krankheit. Wie ein Pesthauch. Wie der böse Blick. Man empfängt sie bis in die alten Steinhäuser: eine Stimme, die von oben zu kommen scheint. Eine Art Evangelium in französischer Sprache. Eine 58 Zentimeter breite Luke, durch die die Schäfer die gehetzten Stadtmenschen beobachten, wie sie aneinander vorbeilaufen, ohne sich zu sehen, ohne sich anzuschauen. Sie sind punktartig in tanzende Bilder mit aufgestickten, unverständlichen Verkehrsstaus eingegraben.

Das gibt Redestoff.

Das gibt Stoff zur gemächlichen Unterhaltung im örtlichen Dialekt. In Quercy sind die Worte rauh. Wie Steine, die die Erde bedecken. Es ist eine graue und rauhe Sprache wie der Pelz und das Gebell der Hirtenhunde:

«Lou diablé me bire lou copel!» – «Da dreht mir doch der Teufel den Hut um!» rief Firmin Marcenac, als er die Tagesschau begutachtete.

Sie saßen alle vor einem Glas Pflaumenschnaps. Mit dem Essen waren sie fertig. Sie hatten ihr Brot in die Suppe getaucht, die dicke Flüssigkeit mit einem Schuß Rotwein abgerundet, ein Trüffelomelett gegessen, ein Gänse-Confit vertilgt, sich das Selchfleisch schmecken lassen, den Schafskäse verdrückt und vier Flaschen Parnac geköpft. Sie waren jetzt beim Rülpsen, beim Knoblauchessen, bei den Verdauungsschwierigkeiten. Vor dem Holzfeuer in der guten Stube.

Bellanger döste.

Da schlug der Sprecher einen ernsten Ton an und legte eine schnellere Gangart ein. Er sprach von den Ereignissen im Quartier Latin. Da waren emsig Gummiknüppel geschwungen worden. Unter den Demonstranten gab es zahlreiche Verletzte.

Der Kommissar dachte sofort an seinen Sohn Michel. Eine dumpfe Angst blähte seinen Magen auf, stoppte seine Verdauung. Er hatte eine böse Vorahnung. Draußen unkte eine Eule und bestätigte seine Befürchtungen. Daraufhin stellte er fest, daß sein Besteck kreuzförmig übereinanderlag, und Firmin, der versuchte, sein Schnapsglas zu erwischen, warf den Salzstreuer um.

Gleich danach begann der Journalist von Billy-ze-Kick zu sprechen. Bellanger traute seinen Ohren nicht. Ein Foto von Inspektor Chapeau tauchte auf dem Bildschirm auf. Einen Ausdruck von Triumph auf der Visage und ganz weiß von den Blitzlichtern der Fotografen. Dem Kommissar schien es, als drehe sein Untergebener ihm ganz persönlich eine prächtige lange Nase. Er wurde blaß. Marcenac wandte sich zu ihm.

«Macaréo! Das ist doch bei Ihnen zu Hause!»

Als er keine Antwort erhielt, schnappte sich der Gebrauchtwarenhändler die Rotweinflasche und goß Bellanger einen ordentlichen Schluck ins Glas.

«Per Jountès! Lou bi a de la birtu», sagte er. Was soviel heißt wie: «Beim Jupiter, der Wein gibt Kräfte.»

Charles Bellanger leerte das Glas auf einen Zug.

22

Ach, du einäugige Hure! Inspektor Chapeau war den ganzen Tag lang so gereizt gewesen, daß seine Finger nikotingelb waren, als er abends nach Hause fuhr. Wegen seiner Nebenhöhlenentzündung hatte er den Eindruck, eine Pappmaske anstelle des Gesichts zu tragen. Seine Ermittlungen befanden sich auf dem Nullpunkt.

Die Braut stammte aus Senlis. Aus bescheidenen Verhältnissen. Tippse bei einem Notar. In dieser Richtung war nichts zu holen. Sie hatte ihren eintägigen Mann auf einem Ball kennengelernt. Ein absolut banaler Typ. Aus einer Familie von Geschäftsleuten. Klempnerei, Sanitäreinrichtungen. Geschäft in der Stadt. Der Vater wollte sich gerade zur Ruhe setzen. Er hätte den jungen Leuten den Laden überlassen. Keine Feinde. Keine verdächtigen Bekanntschaften. Durchschnittliche, langweilige Lebensläufe ohne jede Überraschung. Normalerweise wäre der Lebensweg der Eheleute bis zu ihrem Tod schon asphaltiert gewesen. Sie hätten eigentlich im Bett sterben müssen, als habgierige Neunzigjährige.

Was Hippo betraf, so hatte sich dieser Idiot von Schizo einige Stunden nach seiner Flucht wieder erwischen lassen. Er war auf einen Baum geklettert und hatte einen Auflauf verursacht. Hielt sich für einen Vogel und tat, als wolle er davonfliegen. Wie eine verirrte Hauskatze hatte man ihn vom Baum gepflückt. Ein Feuerwehrmann war eine Leiter hochgeklettert und hatte mit dem Bekloppten geredet.

Nach langem Palaver war der Spinnerte ins Leere gesprungen und hatte dazu geschrien:

«Billy-ze-Kick, den kriegt ihr nie!»

Glücklicherweise hatten sie unten ein Sprungtuch ausgebreitet. Er war zum Kommissariat gebracht worden und hatte dort angefangen, sich auszuheulen, zu jammern, er sei ein Versager. Und das hatte Clovis erleichtert, denn wenn dieser Hirnverbrannte der Mörder der Braut gewesen wäre, hätte es ihn doch geärgert. Er wollte einen Mörder mit Format. Diese Idee saß jetzt fest in seiner Birne. Auf keinen Fall würde er einen Miesling verhaften. Billy durfte ihn nicht enttäuschen. Besonders angesichts des ganzen Remmidemmi, das der Inspektor entfesselt hatte. Die Presse, das Fernsehen und Pipapo waren mit ganzem Herzen dabei. Chapeau wollte einen Fall mit Klasse und Stil. Er wollte eine Menschenjagd, Blut, öffentliche Anerkennung seiner persönlichen Verdienste.

Er trommelte seine Familie im Wohnzimmer zusammen. Pfriemelte am Schnurrbart, um klarzustellen, daß er nicht mit sich spaßen ließ. Schneuzte sich und stellte sich auf die Zehenspitzen, um größer zu wirken. Zänkisch legte er los.

«Was gibt's denn heute abend zu futtern?»

«Ich hab dir Käsepfannkuchen gemacht. Von *Iglo*, um genau zu sein», sagte Juliette mit schlapper Stimme.

«Schon wieder Tiefkühlkost?»

«Die Kleine mag das.»

«Wir essen überhaupt nie mehr Selbstgekochtes.»

«Mach bloß keinen Aufstand, würdest du etwa dein Leben am Küchenofen verbringen wollen?»

«Der Herd ist elektrisch.»

(Er war in seinem Stolz gekränkt, denn er hatte gerade erst die letzten Raten abgestottert.)

«Und wienerst etwa du die Böden?» gab Juliette zurück, um am Ball zu bleiben.

«Die Bohnermaschine ist auch elektrisch.»

«Und das Einkaufen?»

«Du fährst runter und hast *Prisunic* vor der Tür ...»

«Und abends soll man auch noch gepflegt aussehen und zur Verfügung stehen! Besten Dank!»

«Du hast ja nichts anderes zu tun ... Wo warst du heute nachmittag?»

«Ich hab mich nicht vom Fleck gerührt … Hab den Kühlschrank enteist.»

Das war eindeutig eine Lüge. Er hatte dreimal versucht, sie telefonisch zu erreichen. Sie war ganz sicher nicht dagewesen. Er ritt nicht weiter darauf herum. Würde sich in diese Richtung weiter umsehen müssen. Plötzlich fühlte er sich sehr erschöpft. Das war alles etwas viel. Er wandte sich zu seiner Tochter:

«Und wo warst du, Julie-Berthe?»

«Ich hab Alcide besucht.»

Die Pfannkuchen wurden schweigend in Angriff genommen. Abgekühlt wirkten sie etwas geronnen. Würg, kotz. Chapeau schneuzte sich. Er hatte völlig entzündete Nasenlöcher. Seine Trumpfkarten hatte er für den Nachtisch aufgespart. Nun zog er die Abendzeitung unter seiner Serviette hervor und entfaltete sie auf dem Tisch. Die zweite Schlagzeile auf der ersten Seite, gleich nach den Studentendemos, lautete: Ein Killer terrorisiert eine Stadt: Wird Billy-ze-Kick wieder zuschlagen?

Seine Lieben machten große, aufmerksame Augen. Die beiden weiblichen Chapeaus vertieften sich in die Zeitung. Juliette tauchte als erste auf. Sie sah Chapeau mit Samtaugen an.

«Mäuschen, auf dem Foto siehst du aber süß aus.»

Es stimmte auch, er kam gut raus. Das Foto war mitten in der Bewegung gemacht, als er gerade den Zettel mit der Unterschrift des Mörders schwenkte. Daneben waren ein vergrößerter Abdruck der handgeschriebenen Botschaft und ein graphologisches Gutachten abgebildet. Es war von sexueller Abartigkeit die Rede.

Julie-Berthe schien sich nicht zum Reden entschließen zu können. Clovis ließ sie nicht aus den Augen. Der rote Wuschelkopf hörte seiner Mutter zu, die sofort die praktische Seite der Situation erfaßt hatte.

«Das ist für dich der Fall des Lebens, Mäuschen. Wenn du ihn schnappst, wirst du berühmt. Bellanger wird gelb vor Neid sein!»

Da schaltete sich Julie-Berthe ein. Sie erhob sich und baute sich vor ihrem Vater auf. Sie hatte eine Stinkwut.

«Du wirst Billy-ße-Kick niemals kriegen!»

«Und warum das, bitte schön?»

«Darum.»

Sie fochten ein Starre-Blicke-Duell aus. Die Kleine zuckte nicht mit der Wimper. Sie wußte, daß sie Clovis seit dem Auftritt bei Peggy Spring in der Hand hatte. In kategorischem Ton wiederholte sie:

«Weil es unmöglich ist.»

«Kannst du mir denn vielleicht mal sagen, wieso?»

«In der Gessichte ist er unbesiegbar.»

Juliette mischte sich ebenfalls ein:

«Aber jetzt ist es nicht mehr nur zum Lachen. Jetzt ist es ernst. Und im Ernst wird Vati gewinnen.»

«Nein!»

«Aber sicher doch.»

«Aber sicher nein.»

Um sich besser verständlich zu machen, ging sie auf Clovis los und knallte ihm einen Fußtritt ans Schienbein.

Ein Engel schwebte durch den Raum und drehte eine Runde auf dem Sekundenzeiger. Juliette blieb wie angewurzelt vor dem großen Glasfenster stehen. Sie betrachtete die Lichter der Stadt. Die Fassaden waren wie Lochkarten. Nur die Küchen und Wohnzimmer waren erleuchtet. In einer Stunde würden es die Klos und die Schlafzimmer sein. Noch später würden nur noch die Notbeleuchtungen und die Treppenlichter übrigbleiben. Sie wandte sich um.

«Aber ... woher wußte der Killer eigentlich von Billy-ze-Kick? Den gab es doch nur für uns. Ich meine, für unsere Familie.»

«Genau das wollte ich von dir hören», jaulte Clovis. «Wer? Wer von uns dreien hat über Billy geredet? Wer hat einem Spinnerten diesen Gedanken in den Kopf gesetzt?»

Juliette biß sich auf die Lippen. Sie dachte an ihre heimliche Kundschaft. Über irgend etwas mußte man in den Büschen doch auch reden. Die Kontakte humanisieren. Oft erzählte sie von ihrer kleinen Tochter, und die anderen sprachen von ihren Familien, ihren Problemen. Zwischen Leuten, die nichts voneinander verlangen, entstehen sehr offene Beziehungen. Vielleicht liebte Juliette gerade das. Den psychologischen Aspekt am Strich.

Eine Hure ist ein wenig wie ein Arzt, wie ein Beichtvater. Die Typen schütteten ihr Herz bei ihr aus. Dann erzählte sie auch. Oft gingen sie in die Kneipe, genehmigten sich einen Blanc' Cassis und redeten vom Wetter oder von den Lebenshaltungskosten. Danach wurden die Brieftaschen gezückt und die Schnappschüsse der Kinder herumgereicht. Man redete auch über Billy. Das lenkte ab und machte den Pommesgeruch vergessen.

Sollte sie etwa einen Verrückten, einen Durchgedrehten auf die Idee gebracht haben? Vielleicht hatte sie in den Armen des Killers gelegen? Oder würde wieder darin liegen? Da konnte es einem schon kalt über den Rücken laufen, oder? Sie fröstelte und sagte:

«Ich war es nicht. Ich gehe nie aus. Ich treffe niemanden.»

Julie-Berthe kratzte sich durch die *Sloggy*-Unterhose am Po.

«Ich rede oft von Billy. Jede Menge Leute kennen ihn. Ich hab sson immer daran geglaubt. Vor allem jetßt.»

«Wieso vor allem jetzt?»

«Einmal, weil es in der Sseitung gessrieben ist. Dann auch, weil Billy mir einen Ssettel gessickt hat.»

«Er hat dir geschrieben?»

Chapeau traute seinen Ohren nicht.

«Ätss, ätss. Heute nachmittag erst.»

Unvermittelt schwang sie ihren kleinen Hintern in die entgegengesetzte Richtung und rauschte ins Kinderzimmer ab. Clovis saß ihr im Nacken wie ein geölter Blitz. Sie zeigte ihm den Azaleentopf.

«Da war er drin.»

Sie lief zur Kommode, riß die Schublade auf und reichte ihm ein doppelt gefaltetes Blatt Papier.

Die blutunterlaufenen Augen des Inspektors rollten in ihren Höhlen; es war nicht die gleiche Schrift wie bei der ersten Botschaft. Sollte es mehrere Billys geben? Oder Komplizen? Er sah das kleine Mädchen an. Versuchte ihr Mienenspiel zu entziffern. Ging schnell von einer Sommersprosse zur anderen über.

«Wo hast du diesen Blumentopf her?»

«Alcide hat ihn mir vor seiner Abreise gegeben.»

«Abreise?»

«Jaha. Er hat mir gesagt, er geht für lange Sseit weg. Er hat mir auch gesagt, daß er Billy-ße-Kick kennt.»

In genau diesem Augenblick klingelte das Telefon. Der Inspektor stürzte sich auf das Hörrohr.

«Chapeau! Ich höre!»

«Chef? Hicks! Cordier am Apparat, hicks.»

«Haben Sie schon dieses Schmierblatt *Charly-Hebdo* gelesen?»

«Ja. Hicks! Aber ich rufe nicht deswegen an...» Zwischen zwei Schluckaufs erklärte P.O.M. Cordier, warum er zu dieser späten Stunde störte.

Chapeau brüllte «Herrgott noch mal» und irgend etwas Unzitierbares, er sei in fünf Minuten da.

23

Dieser Cordier, aber echt, Clovis konnte ihn nicht ab. Er wartete inmitten der noch rauchenden Ruinen von Alcides Hütte mit einem Tulpenstrauß in der Faust. Auf sein Kinn hatte er ein abscheuliches Grinsen gepinselt. Man hätte schwören können, daß er entzückt war, diesen Schlamassel vorzuführen. Mit äußerster Zuvorkommenheit setzte er den Inspektor ins Bild. Das hier war sein kleiner Krieg, sein bester Witz. Berauscht stampfte er durch das Geröll. Mal bückte er sich, mal hob er Ziegelsteine und verbogene Metallstücke auf. Er preschte vor, suhlte sich in dem von der Explosion aufgerissenen Trichter.

«Ein Krater. Ein Meisterwerk. Hier lang, Inspektor.»

«Und der Fahrer des Bulldozers?»

«Ad patres!»

«Verletzte?»

«Yes, Sir! Aber beruhigen Sie sich – alles Gastarbeiter.»

Eine hinterhältige Anspielung auf die Auffassungen, die Clovis geäußert hatte.

«Und? Ist das etwa meine Schuld?»

«No, Sir. Natürlich ist es die Gesellschaft, Sir.»

«Haben Sie das Haus durchsucht? Wo ist Alcide?»

P.O.M. Cordier pfiff zwei Streifenpolizisten herbei, die eine abwesende und verdrossene Miene aufgesetzt hatten, um keine Silbe der hämischen Unterhaltung zu verpassen. Sie liefen wie zwei Schoßhündchen hinter Cordier her. Der entfernte sich, während seine langen Haare über seine eingezogenen Schultern flogen. Zum ersten Mal merkte Clovis, daß er sehr groß war. Ein Grund mehr, ihn zu verabscheuen. Er stellte auch fest, daß aus seiner Revolvertasche *Charly-Hebdo* herausragte. Er hielt immer noch den Blumenstrauß in der Hand. Ohne recht zu wissen, warum, kläffte Chapeau ihm nach:

«Cordier, Sie sehen lächerlich aus.»

Der andere wandte sich um, schaute ungläubig. Schob eine Haarsträhne hoch.

«Nicht möglich, Sir!»

Ein Clown, dieser Kerl. Kein Bulle. Die junge Generation war wirklich zum Verzweifeln.

«Doch! Und Lächerlichkeit tötet!»

P.O.M. Cordier zuckte die Achseln und ging weiter. Er hatte seinen Vorgesetzten für unwürdig befunden – zu doof für eine Antwort.

Das war zuviel. Clovis begann ihn mit aller Kraft telepathisch zu hassen, seinen sofortigen Tod herbeizuwünschen.

In genau diesem Moment öffnete P.O.M. Cordier die Tür des Häuschens und erhob sich in die Lüfte. Das Haus wurde zerrissen, die Erschütterung rollte an wie eine Flutwelle, und Chapeau fand sich kopfunter am Boden wieder. In Sekundenschnelle türmten sich Barrikaden aus Dachbalken und Ziegeln. Bilanz: zwei Tote und ein Verletzter.

Verblüfft stand Clovis auf. Sein Unterkiefer klappte langsam nach oben auf sein Gegenstück zu. Von der Bude war nur noch ein Schutthaufen übriggeblieben. Cordier hatte sich zu einer Wolke verflüchtigt. Von einem der Bullen war nur noch die Hand zu sehen. Der Rest – sein Bierbauch, sein Halfter, seine Beine – war in den Trümmern vergraben. Doch wirklich surreal war für Chapeau das Verhalten des zweiten Streifenpolizisten. Er war eher beleibt und normalerweise gar nicht flink. Doch jetzt lief er in alle Richtungen, hielt seine Hand an den Kopf, stöberte unter allen Steinen und Balken ... Er lief hin und her, schnüffelte. Er hockte sich auf alle viere und heulte gleichzeitig:

«Scheiße! Mein Ohr! Mein Ohr! Wo ist es?»

Alle rannten zu ihm hin. Die Wagenscheinwerfer wurden auf das unabsehbare Durcheinander gerichtet. Die kleinste Beule nahm schemenhafte Umrisse an. Der Bulle lief. Das Blut rötete sein Profil. Er schob die anderen beiseite:

«Paßt doch auf! Tretet nicht drauf!»

Der Mensch redete von seinem Knorpel. Von seinem rechten Ohr. Es gab sogar einen Trottel, der es für ihn fand. Es war voll Gips und wurde abgestaubt. Wie im Tran hielt es jemand dem Dicken an den Kopf. Ja, es paßte. Und dann kam tatütata die Ambulanz. Der Verletzte wurde verfrachtet, der Tote freigeschaufelt. P.O.M. Cordier wurde nicht wiedergefunden. Nicht ein Tropfen, nicht ein Krümel von ihm.

Clovis hob den Kopf. Das Häuschen war aufgeklappt wie eine Scheibe Schweizer Käse. Die Treppe schien unberührt. Sie wand sich bis zum Schlafzimmer, das im Nichts schwebte und Faubourg-St.-Antoine-Barock, Baujahr 1937, zur Schau stellte. Mit Mahagoni-Furnier. (Zu erwähnen wären zwei Lampen von Gallé, die nicht zu sehr gelitten hatten – so was ist heutzutage eine Menge Kies wert.)

Clovis deutete mit dem Kinn auf den Spiegelschrank, dessen Tür sich geöffnet hatte. Dahinter war eine kopflose Männerleiche zu sehen. Sie stand im Tode erstarrt aufrecht da.

«Ein Freiwilliger muß her und da oben hinsteigen!» kläffte er. So flache Wellen hatte die Begeisterung noch nie geschlagen. Die dezimierte Brigade senkte den Kopf. Die Helden waren müde. Man braucht Zeit, sich an den Tod zu gewöhnen. Und seit vierundzwanzig Stunden war der Sensenmann ununterbrochen im Einsatz.

Clovis drang nicht weiter in seine Mannen. Er zupfte dreimal an seinem Schnurrbart. Und machte sich an den Aufstieg. Ein Beispiel geben: das war das einzige, das es brachte. Das Parkett quietschte. Ihm war heiß. Er sah das gelbe Licht der Scheinwerfer auf seinen Tretern, die er wie zwei Triebwerke lenkte, und hetzte als Späher einem ungewissen Schicksal entgegen. Würde er in die Luft gejagt werden? In Form von Bluttröpfchen wieder zu Boden regnen?

Die anderen vollspritzen? Er schwitzte wie ein Bombenentschärfer und gönnte sich auf halber Höhe eine Rast. Der Schweiß lief ihm an den Beinen herab. Da begann die Treppe unter seinem Gewicht zu schwanken. Clovis strich die Segel in drei Meter Höhe. Ein länger anhaltendes Knirschen ertönte, und instinktiv sprang er ins Eßzimmer – genau in dem Moment, als alles zusammenkrachte. Er wurde den Blicken der Augenzeugen durch einen dichten, langsam aufsteigenden Gipspilz entzogen, der sich nach oben verbreiterte.

«Mururoa», murmelte er und nieste mehrmals. Der Rauch verflüchtigte sich.

Alcide erschien.

In seinen verkrampften Händen hielt er ein Jagdgewehr. Marke *Darne* mit Klappverschluß. Kaliber 12. Kopflos stand Alcide da. Der hatte sich fröhlich abgemurkst. Mit Feuereifer, zuckte es durch den Kopf des Inspektors. Die Schädelknochen klebten wie Mosaiksteinchen an der Schrankwand, die ihrerseits wie ein Sieb den Blick auf ein Stück schwarzen Himmels freigab. Er überwand sich, die Taschen des Leichnams zu durchwühlen. Eine stehengebliebene Uhr, ein *Opinel*-Messer, zwei Enden Blumendraht, ein paar Münzen und eine Rotzfahne. Und vor allem ein Umschlag. Nichts außen drauf. Er riß ihn auf. Maschinengeschrieben. Er las:

SCHEISS AUF DIE GESELLSCHAFT. SCHEISS AUF DEN, DER DAS HIER LIEST. TOD DEN SPIESSERN. SCHEISSE UND NOCHMALS SCHEISSE IN ALLEN FARBEN. ERSAUFT DOCH IM KOT. NIEDER MIT DEM FORTSCHRITT. UND JETZT SEHT ZU, WIE IHR AUS DER SCHEISSE RAUSKOMMT, IHR SCHEISSER.

Unterschrieben war es mit Billy-ze-Kick.

Das war ein harter Schlag. Gegen den Gedanken, daß

dieses alte Wrack der Held seines Familienepos sein könnte, begehrte in Clovis alles bis in die Tiefen seiner Seele auf. Unmöglich. Zu jämmerlich. Ohne viel Aufhebens steckte er den Brief ein und ließ so den drohenden Abschluß seiner Ermittlungen verschwinden. Er weigerte sich, es beim gegenwärtigen Stand der Dinge zu belassen. Im Augenblick dachte er kaum darüber nach, was ihn eigentlich dazu trieb, zum Komplizen seines Lieblingsverbrechers zu werden.

Unterdessen hatten die Bullen sich in Bewegung gesetzt.

Die Feuerwehr war angerückt. Eine Leiter wurde hochgeschoben. Er stieg herunter.

«Bravo Chef», sagte der Brigadier.

Er tat, als habe er nichts gehört. Alle waren plötzlich wieder mutig. Da sah man wieder, was das gute Beispiel alles bewirken konnte.

Clovis plusterte sich auf. Er zog die Fahne hoch und hißte das große Segel. Auf den Gesichtern leuchtete Respekt auf.

In diesem Moment brauste ein Gendarmerie-Bus heran. Einer der Brüder stieg aus und baute sich in Hab-Acht-Stellung auf. Die Augen fest auf den Atlantikwall geheftet, deklamierte er:

«Herr Inspektor, meine Männer haben soeben eine Leiche gefunden. Weiblich. Etwa zwanzig. Erwürgt, vergewaltigt. Ein Sadist. Besondere Merkmale: ein mit rotem Filzstift geschriebenes Graffito auf dem Unterleib des Opfers. Druckbuchstaben. Unterschrift: Billy-ze-Kick. Ich habe mir erlaubt ...»

Die Bullette wandte sich kurz ab. Kleine schwarze Augen. Großer Zinken. Südwestfranzösischer Akzent. Er plusterte sich auf, heischte nach einem Lob.

Clovis zuckte mit keiner Wimper. Nicht ein Muskel seines Gesichts verriet seine klammheimliche Freude. Billy ritt immer noch. Es konnte jedenfalls nicht Alcide sein. Alles wurde ständig komplizierter. Das Ganze würde sich zu einer gigantischen Affäre ausweiten. Von Anfang an war er davon insgeheim überzeugt gewesen.

Er setzte eine humorlose Miene auf und fixierte den in Hab-Acht-Stellung eingefrorenen Gendarmen:

«So so, ein Graffito*?» fragte er in fast belustigtem Ton.

«Jawoll.»

Um ihm eine reinzuwürgen, versuchte Clovis einen müden Witz:

«Sind Sie Korse?»

«Aber nein», wehrte sich die Bullette. «Millo Diou! Ich bin aus Figeac!»

Und er schien sehr niedergeschlagen, daß man gegen ihn einen solchen Verdacht hatte hegen können.

24

Um die gleiche Zeit miefte Charlot Bellanger aus dem Rachen und gurgelte aus dem Wanst, seine Bauchspeicheldrüse war aufgequollen und sein Gedärm verknotet, denn das eben verzehrte epikureische Mahl leistete erbitterten Widerstand gegen den Ansturm der Verdauungssäfte. Aus dem Grunde seines schwankenden Bettes spuckte der einsame Seefahrer schließlich Plankton in den Nachttopf und versank eher in einer dunklen Ohnmacht als in Erholungsschlaf.

Schwarze Horizonte taten sich ihm auf. Bei jedem zweiten Schnarchton blitzte Chapeaus zur Grimasse verzerrtes Gesicht auf, und die CRS verbeugten sich in einem langen, behelmten Aufzug vor der Leiche seines Sohnes Michel und

* A. d. Ü.: Graffito statt Graffiti deutet auf die korsische Eigenart hin, italienisierte Wortendungen zu benutzen. Im landläufigen Vorurteil sind Korsen entweder bäuerlich einfältig oder kriminell.

versetzten ihm dann einen WUMM-Gummiknüppelschlag auf den blutüberströmten, baumelnden Kasperlekopf. Danach spuckte Klaus, die grüne Eidechse, Feuer, Chapeau klatschte und so weiter, Amen.

Er wachte mit einem Ruck auf.

Er spülte sein Inneres mineralisch. Nachdem der Wassertank gefüllt war, wischte er den erkaltenden Schweiß ab und redete sich gut zu.

Ihm blieb eine winzige Ecke blauweißen Himmels.

Gabrielle. Heute abend würde er zum Ball gehen. Danach würde sie ihm ihr Haus zeigen. Sie hatte es mit genießerischer Miene versprochen. Hatte gesagt:

«Sie werden meine karamelisierte Apfeltorte probieren.»

Mit diesem aufmunternden Gedanken schlief er wieder ein. Da ereilte ihn ein neuer Alptraum: Gabrielle kam als Braut verkleidet zum Ball. Sie streckte die Arme nach ihm aus. Er schloß die Augen. Umarmte sie leidenschaftlich. Und schreckte, vor Schmerz aufbrüllend, hoch, mit von schwarzen Stacheln durchspickten Lippen.

Er schlug die Augen auf. Gabrielle Montauzin fragte ihn streng:

«Nun, Charles? Sollte Ihnen etwa mein Schnurrbart mißfallen?»

Zur gleichen Rocky-Horror-Picture-Stunde erreichte Hippo, der Schizo, nachdem er die Nachtwache K. O. geschlagen hatte, den Sozialbunker.

Geräuschlos glitt er in das Gebäude und ging in den Keller der Familie Piedzack, ohne auf jemanden zu treffen. Er machte es sich hinter den Kartons mit den Flaschen gemütlich. Auf einer Roßkurmatratze döste er und dachte an Julie-Berthe. In seinen Armen hielt er den Karabiner. Ganz zu Beginn seines natürlichen Schlafes hatte er das bestimmte Gefühl, sein Glied schwelle an.

Edouard, der vor dem schnarchenden Eugène sicher war,

stieg in den Keller hinab. Der Schizo setzte eine geheimnisvolle Miene auf und bat ihn, Julie-Berthe zu holen.

Tapp, tapp, tapp, kam sie an, immer darauf achtend, daß ihre Lackschuhe nach außen gedreht waren, genau wie im Versandkatalog.

Hippo erwies ihr seine Reverenz:

«Ich habe dich erwartet, Julie. Du siehst bezaubernd aus.»

«Sstimmt nicht. Ich seh ssrecklich aus. Hab einen furchtbaren Tag gehabt. Den ganßen Nachmittag auf Mammi gewartet, und dann hab ich ärgerliche Dinge über sie gehört. Dann hat Vati Terror gemacht. Er ist hochgegangen wie eine Apollo. Außerdem hab ich ßu viele Joghurts gegessen. Meine Haut ist ganß fleckig. Dann hab ich mir vor dem Fernseher die Augen ermüdet. Man sollte nicht so lange aufbleiben, selbst in meinem Alter ...»

Hippo hielt ihr seinen Schlips hin, damit sie ihn daran zu sich hinzog.

«Nein, Hippo. Sei nicht böse ... ich ssmatß dich nicht. Ich bin ßu häßlich. Die Hitße ist nicht gerade vorteilhaft für mich.»

«Julie-Berthe! Du hast dich schon wieder mit Bonbons vollgestopft!»

«Ooch, nur ßwei oder vier ... ich weiß nicht mehr genau.»

«Weißt du, es hat mich einige Schweißtropfen gekostet, dich hier zu treffen. Sie hatten mich eingesperrt.»

Ed trug sein Scherflein bei:

«Für dich ist mir nichts zu schwierig, Boß. Für Billy ist nichts unmöglich!»

Julie-Berthe ging auf ihn los wie eine Furie:

«Er ist nicht Billy! Sag, daß du's nicht bist, Hippo!»

«Well, well, wie man's nimmt ...»

«Pfff! Du bist es ganß besstimmt nicht! Es ist die Miss. Ich hab nachgedacht.»

Ed war vom Gegenteil überzeugt:

«Es ist nicht Mademoiselle. Der Beweis: Billy vergewaltigt. Mademoiselle kann das nicht! Die ist ein Mädchen.»

«Da bin ich mir nicht so sicher. Solang ich ihre Mussi nicht gesehen hab.»

«Jedenfalls ist Hippo gefährlich. Stimmt's, Boß? Du bist doch unheimlich gefährlich. Haben die auf der Wache gesagt. Alle sagen, du kannst töten wie nix.»

«Das stimmt», gab der Schizophrene zu und schob die Brille an seinem alpinen Zinken hoch.

«Wie auch immer», sagte Julie-Berthe, «wenn du mir den verssprochenen Ring nicht ssenkst, werde ich dich nicht mehr lieben. Das wird physiss sein, eben sstärker als ich.»

«Ich werde einen meiner Männer beauftragen, ihn zu stehlen», versprach Hippo und wischte sich die Handflächen an seiner Wolljacke ab.

«Ich bitte dich, sstiehl nicht irgendeinen Sseiß. Vor allem keinen Wulwördssrott. Die Ringe aus den Wundertüten sind sseußlich. Alles Talmi. Ich will so einen, wie die Sängerin hat.»

«Die Karapian?»

«Jaha, genau.»

«Sehr gut», sagte Hippo und wandte sich an Edouard: «Ed, du wirst den Bruch übernehmen.»

«Verlaß dich auf mich.» Der Karottenkopf war vor Freude rot geworden. Diskret verdrückte er sich, um Wache zu schieben, damit ja niemand seinen heißgeliebten Boß störte.

Julie-Berthe wurde mit einem Schlag kokett.

«Ich sag's dir lieber gleich, Hippo. Wenn ich groß bin, werde ich sspät nach Hause kommen. Wie meine Mutter. Ich sag's dir lieber gleich, es ist besser, du weißt es jetßt sson, du wirst Geduld haben müssen.»

«Das geht in Ordnung. Ich werde brav auf dich warten.

Wir werden einen sehr, sehr bequemen großen Fahrstuhl haben. Das macht die Sache leichter für mich.»

«Mit Kamin?»

«Klar. Ich werde vor dem Feuer sein, wenn du nach Hause kommst.»

«Du wirst wirklich nichts Kränkendes sagen, wenn ich jeden Abend um Mitternacht nach Hause komme?»

«Nein, gar nichts. Außerdem werde ich meine Uhr kaputtschlagen, um nicht mehr zu wissen, wie spät es ist.»

«Sehr gut. Ssur Belohnung drehen wir jetßt eine Runde im Fahrsstuhl. Willste oder willste nicht?»

«Das ist gefährlich. Möglicherweise schnappen sie mich wieder.»

«Wenn du Billy bist, hast du keine Angst vor gar nichts. In der Gessichte ist das so», bemerkte sie giftig.

In extremen Situationen rückten ihre Augen zusammen. Fast schielte sie.

«Na dann los, gehen wir», kapitulierte der schlaksige junge Mann.

Sie wurden von der Kabine verschluckt und blockierten den Fahrstuhl wie immer zwischen zwei Stockwerken. Sofort wurde die Hitze unerträglich. Das kleine Mädchen auf dem Notsitz schob den Rock hoch. Hippo fühlte sich unbehaglich.

«Vergiß nicht, du hast mir auch verssprochen, daß wir für die großen Ferien einen Baum haben werden.»

«Ich vergesse es nicht.» (Hypnotisiert starrte er auf ihre flaumigen Oberschenkel.) «Der Baum wächst jetzt gerade in einem großen Wald in Lateinamerika.»

«Was für einer ist es?»

«An seinen Namen kann ich mich nicht erinnern. Ich mußte extra einen Gärtner bestellen, der ihn dreimal täglich gießt.»

«Bist du sicher, daß du auf ihn ßählen kannst?»

«Ja. Er ist Indianer. Hält sein Wort und ist mir sehr ergeben. Da unten ist Billy geachtet.»

«Wie heißt er?»

«El Chino. Um die Stürme fernzuhalten, pflanzt er seine Machete in den Boden und spricht zu den Wolken.»

«Und dann?»

«Dann zieht der Sturm woanders hin. Wo er ihn hinschickt.»

«Er wird unbedingt ßu Füßen unseres Baumes sslafen müssen. Damit ich keine Angst mehr vor Gewittern habe.»

«Ich werde Chino die Reise bezahlen. Er wird in einer Hängematte unten vor unserem Haus schlafen.»

«Wir brauchen auch einen Hund. Einen gelben. Da bessteh ich drauf. Eine reißende Bestie. Und ich will nicht, daß uns deine Mutter auf den Wecker fällt, daß sie die Arme ringt, sobald sie mich sieht.»

«Meine Mutter wird uns nicht behelligen. Ich werde ihr nicht erlauben zu kommen. Ich hasse sie übrigens.»

«Wenn du Billy bist, brauchst du sie ja nur ßu dingensen. Clovis, mein Pappi, sagt, du solltest endlich mal aus dem Bauch deiner Mutter kriechen.»

«Ich werde sie töten.»

«Ach, fast hätte ich es vergessen! Großmutter – Omi, Großmutter eben, hat gestern abend aus Angoulême angerufen. Sie will mich nach Angoulême mitnehmen. Ich will aber da nicht hin. Sie sagt, du bist dingens, verrückt halt.»

«Man müßte alle Omis töten.»

«In Ordnung. Ich werde mich um diese kümmern, du übernimmst den Rest. Das solltest du dir alles aufssreiben. Ssreib auf: Ring, Mutter, Indianer und gelber Hund.»

Hippo zog sein *Gimel* mit Geige aus der Tasche. Und spitzte den Bleistift. Sorgfältig notierte er alle Worte.

Julie-Berthe sah ihm dabei zu. Nach getaner Arbeit wurde sie sehr ernst. Sagte:

«Ich muß nach Hause, bevor Chapeau ßurückkommt. Doch bevor wir auseinandergehen, will ich dir etwas Sswerwiegendes sagen. Also Achtung. Ich sspiele nicht mehr. Hör ßu: wenn du wirklich Billy-ße-Kick bist – was ich nicht glaube, aber man weiß ja nie –, mußt du Mammi töten. Dsuliette hat große Dummheiten gemacht. Ich warne dich, ich hab Mademoiselle das gleiche gesagt. Ein Verbrecherwettbewerb. Der erste, der sie erledigt, gewinnt. Er wird Billy-ße-Kick sein.»

Sie hatte wieder ihre Porzellanaugen. Eine Stirn wie eine Käthe-Kruse-Puppe. Hippo spürte, wie seine Hände feucht wurden. Das Mädchen jaulte mit Kopfstimme:

«UL-TI-MA-TUM!»

Und gähnte vor Müdigkeit.

25

Verflixt, schon Viertel vor zwölf, als Chapeau pfeifend nach Hause kam. Diese Verbrechen wurden immer unlösbarer. Das freute ihn sehr. Wenn es ihm gelänge, das Rätsel zu entwirren, würde er – auch offiziell – zum Supercrack. Er benutzte die Treppe, um nicht auf Eugène zu treffen. Man konnte ja nie wissen. Im fünften blieb er stehen und sah durchs Schlüsselloch. Hippos Mutter rang gerade die Arme vor den Spätnachrichten. In einem Zug stieg er bis nach Hause auf. Bevor er eintrat, blies er sich auf, um martialisch auszusehen.

Er traf Julie-Berthe mit aquarellverschmierten Händen an. Sie hatte gerade einen Baum gemalt. Juliette erschien im Wohnzimmer. Sie sah müde aus. Wieder gingen sie zu Tisch. Sie hatte einen Imbiß vorbereitet, um die Abendbrotscharte auszuwetzen. Gekochter Schinken und Joghurts. Fade, aber gut gemeint. Chapeau erkannte es an.

Im neunten Stock saß Ed auf einem Stuhl und rührte

Eier. Eugène war mit einem Riesenkohldampf aufgewacht. Er ging seinen Autobus rangieren und den Ölpegel kontrollieren. Im Fahrstuhl verdüsterte sich seine Stimmung beim Lesen der neuesten, ihn betreffenden Schweinigeleien. Er wischte sie weg.

Als er aus der Garage zurückkam, traf er auf Peggy Spring. Sofort lockerte er den Hemdkragen, und ihm wurde warm um die Taille. Jesus Maria, die brachte seinen Blutdruck aber auf Touren. Sie reisten zusammen. Er fühlte sich eingeschüchtert und senkte die Lider. Sie betrachtete ihn mit großem Ernst. Es kam selten vor, daß eine Frau Eugéne in die Augen sehen konnte. Das fiel ihm auf.

Unmittelbar bevor der Fahrstuhl anhielt, kam sie auf ihn zu, ohne daß auch nur ein Wort gefallen wäre. Er spürte ihren Atem. Erschauerte. Sie hatte gerade flüchtig seine Brust gestreift. Er versuchte sie zurückzuhalten. Sie war schon verschwunden. Der Fahrstuhl setzte sich wieder in Bewegung.

Eugène wischte sich mit zaudernder Hand das Fell ab. Er hatte Hunger, stellte er fest. Sah sich im Spiegel an. Versuchte etwas an sich zu entdecken. Fand nichts.

«Ist nicht meine Schuld! Ich ziehe sie an! Das ist meine Natur», tröstete er sich gutgelaunt und lachte vor sich hin, bis er die Rühreier erreicht hatte.

Einige Meter unter ihm sah Juliette Clovis an. Der dachte nur an seinen Fall. Kaute nervös. Sie verglich ihn mit Eugène und fand ihn gräßlich hühnerbrüstig. Da begann sie ihn heftig zu hassen.

Sie erhob sich und brachte Julie-Berthe zu Bett. Die Göre ließ sich nicht bitten. Weigerte sich aber, ihrer Mutter einen Gute-Nacht-Kuß zu geben. Kaum lag sie unter der Decke, steckte sie sich einen Woolworth-Ring an den Zeigefinger, sprach einen magischen Satz und galoppierte in den Tiefschlaf. Sie eilte zu Billy-ze-Kick, der sie auf einem Baum erwartete. Mal ähnelte er Hippo, mal Peggy Spring. Davon wurde ihr Schlaf unruhig.

Juliette begab sich ins eheliche Gemach.

Chapeau war ihr schon zuvorgekommen. Er lag im Bett. Sah sie kommen und wechselte den Gesichtsausdruck. Die Glotze berieselte das Zimmer mit den letzten Werbespots. Es ging um Hygiene und Sauberkeit. Er rieb sich die Hände und rief:

«Herzchen, Häschen, Hühnchen, Liebes, Süßes, Gutes, Kuschel, Puschel, Muschel ...»

Was nichts Gutes verhieß.

Juliette hatte nun wirklich genug gepudert. Sie verschwand im Bad. Hing dort herum, in der Hoffnung, er würde einschlafen. Als sie barfuß wiederkam, war das Licht aus. Die regelmäßigen Atemzüge des Clovis-Vergil garantierten ihr, daß er schlief. Er war mit einem kleinen Lautsprecher im Ohr eingedöst. So war sein Ohr mit einem Transistorradio verbunden, das die Boxweltmeisterschaften im Fliegengewicht übertrug. Sie hütete sich wohlweislich, es auszustellen.

Ohne anzustoßen, schlüpfte sie neben ihn. Sobald sie die Augen schloß, sah sie sich unter anderen Laken. Sie fuhr ab auf ihren Lieblingstraum, den sie auf Befehl träumen konnte. Sie wurde zum Filmstar.

Im Dunkeln schrie eine Stimme:

«Lights!»

Trauben von Scheinwerfern blendeten sie. Sie setzte sich den Spotlights aus. Marcello Mastroianni schritt auf sie zu. Er war nackt unter einem weißen Tuch. Hatte seinen Stetson aufbehalten und ließ seine Dompteurpeitsche knallen.

Das Leder wickelte sich dreimal um ihre Hüften. Sie brüllte vor Lust. Die Stimme rief:

«Gut!»

Marcello fragte, ob er ihr weh getan hätte. Sie versicherte

ihm, daß nicht. Gestand ihm, daß es ihr eher gefallen hätte. Die Stimme schien verärgert und befahl:

«Sie soll Glyzerin weinen!»

Man träufelte ihr Tropfen in die Augen.

«Lights! We shoot again!»

Marcello ließ seine Peitsche knallen. Die Szene wurde zehnmal aufgenommen. Der Regisseur fand sie großartig. Juliette heimste einen köstlichen Schmerz ein.

«Gut! That's all for today.»

Es war halb zwei Uhr morgens.

In der Vierzimmerwohnung klingelte das Telefon. Clovis wachte mit einem Ruck auf und trompetete:

«Mein *Bac*, dein *Bac*, unser *Bac*!»

Mit matter Hand hob Juliette den Hörer ab und fragte:

«Hallo, bist du das, Mutter? Wie ist das Wetter in Angoulême?»

Die alte Dame antwortete mit schneidender Stimme:

«Das beste ist, ich nehme den Abendzug. Ich komme Julie-Berthe abholen.»

26

Ich heiße Virginie und trage mein eierschalenfarbenes Kostüm. Das Trampen läuft besser, wenn man nach was aussieht. An der Porte de la Chapelle stell ich mich an die Ampel, genau vor der Autobahnauffahrt. Ein Blick auf meine *Dugena*. Zwei Uhr früh.

Kaum habe ich den Daumen draußen, bleibt auch schon ein Typ stehen. In einem *Simca 1100*. Ein eher vollschlanker Fahrer. Ein ruhiger Bursche. Pfeifenraucher.

«Fahren Sie nach Chantilly?»

«Fast. Ich biege kurz vorher ab.»

«Na, immer noch besser als gar nichts. Kann ich einsteigen?»

Ich hab noch nie Probleme gehabt. Im großen und ganzen sind die Burschen fair. Der Trick besteht darin, mit ihnen zu reden. Ich rede mit ihm, schnurre ihm was vor:

«Sehr freundlich von Ihnen.»

«Nicht der Rede wert.»

«Man sagt das so, aber trotzdem ... Kommen Sie von der Arbeit?»

Er antwortet nicht. Ein Lakoniker. Ich bohre weiter. Ist nicht gut, wenn sie schweigen.

«Arbeiten Sie bis spät?»

«...»

«Ich fahre nach schwerem Tagwerk heim.»

Ich gähne und strecke mich. (Das wölbt die Brüste, und meine sind unglaublich.) Läßt ihn kalt. Der Dicke klebt starr an seinem Sitz. Kriegt die Zähne nicht auseinander. Dieses Schweigen ertrage ich nicht.

«Ich arbeite in einem Altersheim als Hilfspflegerin.»

«Aha.»

«Ja, aber es gefällt mir nicht. Nur Alte.»

«Ach so.»

«Inkontinente.»

«Ach so, Inkontinente.»

«Ja, aber reiche. Sie zahlen 300000 Eier, um sauber zu bleiben. Die Familien stecken sie da rein, um sie loszuwerden. Eines Tages geh ich da weg ... Ich habe einen neuen Job aufgetan ...»

«So so.»

«Locherin! Wir werden in sechs Wochen an der Karte ausgebildet. Soll eine gutbezahlte Arbeit sein.»

Sieht so aus, als schert sich der Typ einen Dreck drum. Das ist echt keiner von denen, die immer die Hand da haben, wo sie mal nicht sein soll.

«Wissen Sie, warum ich so spät nach Hause fahre?»

«Nein. Vielleicht weil Sie Nachtdienst hatten.»

«Aber nein. Ich bin heute morgen nicht zur Arbeit gegangen.»

«Ach so.»

«Ja, und wissen Sie auch, warum?»

«Ich nehme an, Sie waren krank ...»

«Nicht die Bohne ... Es war wegen meiner Haare! Meine Haare sind mein ein und alles! Sie sehen, ich bin blond, und ich mag es am liebsten, wenn sie fast weiß sind ... Gestern abend trage ich also eine Farbpackung auf. So gegen acht, und ich krieg sie nicht richtig hin. Ich schau mich an: lila! Ich tu ein anderes *Poly-Color* drauf. Es wird nur noch schlimmer ... Ich lege mich ins Bett. Mitten in der Nacht wache ich auf und sage mir, meine kleine Virginie, du kannst das unmöglich so lassen. Ich probier es diesmal mit *Wella Color.* Immer noch nicht der richtige Ton ... Da hab ich mir heute morgen gesagt, Inkontinente hin oder her: Die haben ins Bett gemacht, und ich bin zu Hause geblieben. So bin ich nun mal!»

Ich bin sehr geschwätzig gewesen, und wir haben etliche Kilometer hinter uns gebracht. Der Typ scheint nicht sehr scharf auf meine Dönekens zu sein. Er zieht an der Pfeife und fährt vor sich hin. Ich nehme mir eine Mentholzigarette. Biete ihm auch eine an. Er schüttelt den Kopf – nur sein billiges Kraut.

«In welcher Sparte sind Sie denn?»

Da tritt er die Bremse durch. Ruhig und wütend. Beugt sich zu meiner Tür. Öffnet sie und bedeutet mir auszusteigen:

«Ziehen Sie Leine», sagt er.

«Aber ...»

«Ziehen Sie Leine! Sie nerven mich!»

Ich sehe in die stockfinstere Nacht. Er schiebt mich nach draußen. Wirft mich raus. Er knallt seine Tür zu, und ich stehe allein auf weiter Flur. Sehe noch zwei rote Lichter verschwinden. Dieser Kerl ist doch eine Sau. Völlig durchgeknallt.

Ich werf meine Zigarette weg.

Aus etwa 300 Metern nähert sich ein Licht. Ich stell mich supercool mitten auf die Straße. Im letzten Moment sieht mich der Fahrer und bremst. Zu spät wird mir klar, daß es nur ein Scheinwerfer ist: ein Mopedfahrer. Er liegt auf einer riesigen Maschine. Winkt mir, ich soll aufsteigen.

Ich zögere ... ach, egal, ich geh hin. An einem Sommerabend ist eine Motorradtour doch ganz lustig. Der Motor heult auf. Ich steig auf und halt mich an seiner Lederjacke fest. Angenehmes Gefühl. Ich stell mich auf den Steigbügel und rücke mein Kostüm zurecht, um es nicht zu zerknittern. Dann brülle ich:

«Chantilly!»

Er fährt los. Mein Rock rutscht an meinen Oberschenkeln hoch. Der Wind läßt mir das Blut in den Beinen gefrieren. Ein einziger warmer Punkt bleibt; genau zwischen meinen Beinen – sein Körper an meinen gepreßt.

27

Mechanisch schob Madame Achère ihren schwarzen Strohhut hoch, der ihr in die Stirn gerutscht war. Die alte Schachtel hatte schon immer eine Schwäche für jüngferliche Deckel gehabt. Der nämliche warf einen wohlbekannten Schatten an die glatte Fahrstuhlwand.

Sie nahm eine lange Nadel und steckte das Getüm in einer strategisch günstigen Position oben auf ihrem Knoten fest. Sie setzte sich auf den Klappsitz und kramte einen Bleistiftspitzer aus der Einkaufstasche. Spitzte ihre Lieblingswaffe: einen *Faber Castell No. 3*.

Es war drei Uhr früh.

So konnte sie in Ruhe ein bereits angefangenes Kapitel

beenden. Sie schrieb schnell. In Großbuchstaben, mit der Sorgfalt einer Äbtissin. Nunmehr war sie entschlossen, alle Schleier zu lüften. Und sie wußte einiges.

Wer hätte auch ahnen können, daß ihre ganze ärmliche Rentnerinnenexistenz, alle Stunden ihres galligen, gelben, wachen Lebens dem Menschenstudium gewidmet waren?

Manche haben es mit Briefmarken, andere pinnen Schmetterlinge auf Korken, Clémentine Achère, ehemals Telefonistin bei der Post von Montreuil-sous-Bois, sammelte die Leute aus ihrem Haus.

Kommen und Gehen, der Klang der Klingeln, das Blickfeld der Schlüssellöcher, der Rhythmus der Lichter auf der nächtlichen Fassade lieferten Clémentine reichen Beobachtungsstoff.

Sie fischte nicht in fließendem Gewässer. Sie zog die Ruhe des trüben Wassers vor und fischte mit Aas, Blut und Blinker. Leidenschaftslos, in keiner Weise nachtragend, führte sie das Logbuch des Sozialbunkers. Alles war darin festgeschrieben: finanzielle Probleme, verspätetes Nachhausekommen, jahreszeitlich bedingter Durchfall.

Es war eine geniale Idee gewesen, einige Kapitel ihres Tagebuchs auf die Fahrstuhlwände zu übertragen, mit Billyze-Kick zu unterschreiben und abzuwarten. Die Achère rieb sich die Hände, wenn sie nur daran dachte.

Die Ex-Christel von der Post schubste mit der Spitze ihres Schnallenschuhs die störende Milchflasche weg. Sie hielt im Schreiben inne: der schwierige Schluß eines Satzes. Einige pikante Einzelheiten über die sexuellen Gewohnheiten von Eugène Macareux wurden hinzugefügt. Sie rundete ihre Beschreibung mit einem lyrischen Hinweis auf die außergewöhnlichen Maße seines Genitalapparats ab.

Bei diesem Thema griff sie unerschrocken auf ihren Erfindungsreichtum zurück.

Da schmückte sie aus. Im übrigen konnte sie sich sowieso

nur auf Vermutungen stützen, da sie selbst in den Niederungen der geschlechtlichen Praxis keine Erfahrungen hatte. Schon siebenundfünfzig Jahre. Wie die Zeit vergeht.

Sie hatte jedoch ein medizinisches Wörterbuch zu Rate gezogen. Prinzipiell schlug sie 30 Prozent auf die durchschnittlichen Maße auf.

Ohne davon zu wissen, stieß Eugène bis in eine Kategorie vor, die ihn ermächtigt hätte, an landwirtschaftlichen Wettbewerben teilzunehmen.

Ein fahrstuhlfahrender und französischlesender normannischer Hengst hätte vor Neid ausgeschlagen. Clémentine hatte soeben aus Eugène einen Zuchthengst gemacht, einen Zentauren des 20. Jahrhunderts, einen Homo sapiens, den man im Falle einer planetarischen Katastrophe eingefroren hätte, um ihn später wieder zu erwecken. Um ihn frohen Herzens aufzuwärmen und zur Regenerierung der zerstörten Menschheit um seine Manneskraft zu bitten.

Nachdem sie sich etwas eingekriegt und aufgeseufzt hatte, nahm sie ein neues Kapitel in Angriff: Sie widmete es Juliette Chapeau.

Deren merkwürdiger Nachmittagszeitvertreib war ihr wohlbekannt. Diese Erkenntnis war der Höhepunkt ihrer Karriere. Ein Meisterstück. Man kann sich kaum die Geduld, die Erschöpfung, die endlosen Radfahrten vorstellen, die nötig waren, die Veilchenkiste auffliegen zu lassen.

Sie war eben dabei, die Adresse der Lichtung irdischer Freuden preiszugeben, als das Fahrstuhlgitter gewaltsam aufgestoßen wurde.

Peggy Spring kam unter Dampf hereingestürzt. Schreckte erst mal zurück. An ihr war alles in Unordnung, sie war außer sich. Und sie trug einen Motorradanzug. Das schlug Clémentine den Stift aus der Hand. Tut der Mine nicht gut. Wie seltsam! Au weia, und dann war sie auch noch ganz schön verlegen ... Verflucht! Zerbrochen! War eine schlechte Mine gewesen! Aufgequollene Lippe, fiebrige Augen: Symptome, Symptome.

Trotz allem, die in flagranti bei ihrer Wandmalerei ertappte Clémentine stieß eine Entschuldigung unter ihrem Hut hervor:

«Ich tue doch niemandem etwas zuleide», sagte sie und war entschlossen, die Unglückliche zu spielen (das konnte sie bei ihrem Aussehen am besten).

«... im übrigen schreibe ich nur die reine Wahrheit. Es ist schrecklich, aber nachgeprüft. Sie können sich doch vorstellen, daß ich so etwas nicht erfinden würde – solch schmerzliche, ansteckende, heimtückische Sachen und alles und überhaupt –, wenn ich mir nicht sicher wäre ...»

Mit großem Geschick preßte sie ihre Lippen aufeinander. Bis sie zusammenpappten. Es sah aus wie eine fast verwischte horizontale Acht.

Ohne zu antworten, drückte Peggy auf den Knopf mit der Acht. Doch unterwegs – der Raum war begrenzt, die Wand genau gegenüber – hatte sie die Zeit, die Muße, das überraschende Vergnügen, all diese überwältigenden Informationen zu lesen. Im fünften hatte sie die gleiche Reaktion wie der normannische Gaul:

«Das kann ich nicht glauben!» wieherte sie und bleckte die Zähne.

Also ließ sie den Fahrstuhl im sechsten anhalten. Wo die arme Seele von Pförtnerin wohnte. Sie richtete einen strengen Blick auf Clémentine. Ein weißes Rauschen. Madame Achère nutzte es, um das Heft in die Hand zu nehmen.

«Sehen Sie? Sehen Sie? Diese Sachen sind ganz und gar außerordentlich. Sie verdienen Beachtung, Dokumentation. Vielleicht kann es ja mal für jemanden von Nutzen sein ...»

«Ich wüßte gern ...», stammelte Peggy. «Gibt es denn einen solchen Apparat wirklich?»

Ohne jegliche Zurückhaltung beugte sie sich über die begehrte Zeichnung. Unter ihrer Schminke wurde sie ganz rot. Ganz unruhig. Sicher hatte sie Phantasie. Etwas schnappte zu und klick! Es klackte in ihr, und sie schien affentittengeil zu werden. Wie könnte man sonst ihr überraschendes Benehmen erklären.

Sie stieg im sechsten aus.

Zog Clémentine am Ärmel und bedeutete ihr grob, die Wohnungstür aufzuschließen. Sie ging als erste hinein. In der Diele nahm sie das Getüm vom Kopf der Dreckschleuder von Achère. Ganz beiläufig behielt sie die lange Nadel in der Hand. Mit dem Ende der blauen Stahlspitze schob sie sie in die gute Stube.

Dort ließ sie sich bei einer eingelegten Schnapspflaume alles erklären, haarklein. Der Sessel, auf dem sie sich niedergelassen hatte, traute seinen Ohren nicht.

28

In den Tiefen seines Bettes betete sich Ed die Befehle seines heißgeliebten Boß vor.

Eugène küßte das Kopfkissen. Ed schlug die Decken zurück und zog sich im Dunkeln an. Er tastete sich zu seinem Regal und stieß sich den großen Zeh an einem Stuhlbein. Das tat höllisch weh. Er blieb auf der Stelle stehen. Schimpfte sich einen Salatstorch.

Reglos wartete er, bis der Schmerz nachließ. Versuchte sich zu entspannen. An etwas anderes zu denken. Das war ein Fehler. Sein Kopf schaltete auf eine fixe Idee um: pinkeln. Das war Edouards Alptraum. Es wurde so langsam zur Besessenheit, immer mußte er überall.

«Das ist mein Händikäpp», seufzte der kleine Rote.

Gerade jetzt war wirklich nicht der Zeitpunkt zum Schlappmachen.

Er setzte seinen Blindenspaziergang fort und fand seine Waffe – eine *Luger* aus Plastik.

Um seine Geschicklichkeit zu beweisen, ließ er sie von einer Hand in die andere wandern. Im Affenzahn. Im Dunkeln war das eine echte Leistung. Er fühlte sich dabei seinem Vorbild Alain Delon sehr nahe. Viel näher bei Alain als bei Macareux' Sohn, Edouard.

In Gedanken schoß er auf 1,82 Meter hoch. 82, 83. Um ein Haar. Er mußte nicht mehr pinkeln. Fühlte jeden Quadratzentimeter kompakte Masse. Mit sicherem Handgriff schnappte er seine Turnschuhe. Seine Füße wuchsen bis Größe 43. Er schlüpfte aus der Wohnung.

Auf der Treppe gähnte er. Knöpfte sein Hemd neu. Er hatte sich überall um ein Knopfloch vertan. Diese Nachlässigkeit konnte ihn den Schneid kosten. Er zog ein großes kariertes Schnupftuch aus der Tasche. Verhüllte damit sein Gesicht bis unter die Augen. Fast schaffte er den Knoten nicht.

Da hatte er sich ja in eine schmutzige Geschichte hineinziehen lassen. Lieber hätte er nichts Geringeres als einen gepanzerten Wagen oder die *Crédit Lyonnais* überfallen. Was ihm der Boß aufgetragen hatte, war wirklich gefährlich. Er hätte ablehnen sollen. Aber keiner kann aus seiner Haut, stimmt's, Alain?

Statt einer Antwort stieß ihn Delon in den Rücken. Sofort wurde er selbst zum Helden aller Filme dieser Welt. Lautlos stieg er die Treppe hoch, die ihn von seinem Zielobjekt trennte. Er beherrschte seine Nerven wie auch seine Schließmuskeln vollkommen.

Ein Blick auf die Uhr. Bevor er losgegangen war, hatte er sie sich mit Kugelschreiber auf das Handgelenk gemalt. Eine Super-Tick-Tack. Wie die, mit der er seit mehr als einem Monat im Laden an der Ecke liebäugelte.

Normalerweise müßte in zwei Minuten die Tür der Karapian aufspringen. Die Diva würde herauskommen. Sicher würde sie die Augen offen haben und einen furchterregenden Anblick bieten, doch in Wirklichkeit würde sie pennen: Schlafwandlerin, die gute Frau. Delon lächelte unmerklich. Ed dachte an Madame Karapians Oberschenkel. Auch da hatte ihn der Boß in ein verdammtes Wespennest geschmissen. Sie würde nackt sein. Keine Sekunde durfte verloren gehen. Er durfte sich nicht vom Schauspiel ablenken lassen, vom Dingens, wie Julie-Berthe gesagt hätte. Die Zeit war knapp bemessen. Die Karapian ging nur von ihrer Tür zum Stock darunter und zurück. Unten plärrte sie immer laut:

«Martha, Martha, du entschwandest!»

Stampfte mit den Füßen. Bumm, bumm! Und sie kam wieder hoch. Während ihres kleinen Ausflugs mußte er hinein und bis zum Nachttisch rennen. Auf der Marmorplatte würden alle Klunker liegen. Sie zog sie jeden Abend aus. Er mußte den grünen Ring nehmen, nur den, nichts anderes. Und dann nichts wie raus. Unter den ausgebreiteten Armen der zurückkehrenden Diva durchschlüpfen. Und vor allem: Ruhe bewahren. Ed war wieder soweit: er mußte mal. Und dann – rums! – flog die Tür auf.

Mit starren Augen schritt Madame Karapian an dem Jungen vorbei, ohne ihn zu sehen. Wider Willen stierte er auf die knittrigen Hinterbacken, die ruckweise die Treppe hinunterwackelten. Er schwor sich, nie wieder Johannisbeergelee zu essen.

Dann lief er los.

Mitten in der Aktion fand er zu seinen Fähigkeiten zurück. Er bewegte sich anmutig. Wie in den Amistreifen. So erreichte er den Nachttisch.

Die Ringe waren nicht da!

Da war etwas faul. Das hätte er schwören können. Delon ließ verlauten, daß er sich geehrt fühle, wenn man ihn zum Vorbild nehme, doch – Achtung! – für ihn endeten die

Drehbücher oft schlecht. Ed spürte sein Blut gerinnen. Laut und deutlich hörten sie das phantastische Geschmetter:

«Martha, Martha, du entschwandest!» Bumm, bumm!

Die Karapian war bereit zum Angriff. Ed durchwühlte die Schublade. Nichts. Im selben Augenblick hörte er die Eingangstür zuschlagen. Krach! Und zwei Runden *Zeiss Ikon*. Skrantsch! zeichnete er Ausrufe in eine imaginäre Sprechblase. Gefangen! Ausgetrickst in der zehnten Filmrolle.

«Scheiße! Ich hab meinen Überfall verhauen», erkannte Edouard.

Delon riet ihm, sich im Wandschrank zu verstecken. Der Karottenkopf vergrub sich zwischen zwei Straßkleidern. Von Mottenpulver chloroformiert, dingenste er ausgiebig unter sich.

29

Die aufgehende Sonne erschien ohne Vorwarnung und verkupferte die Zypresse. Sachte öffnete Bellanger seine Fensterläden und rekelte sich vor der Landschaft. Er vertrieb den bitteren Nachgeschmack der Nacht. Sein Blick fiel auf die Terrasse, und er sah Klaus, die Eidechse, in der Sonne braten. Augenblicklich zog er den Kopf zurück. Raste zu seinem Anglergerät. An einer geschmeidigen Fliegenrute befestigte er eine 20-Hundertstel-Schnur mit einem Achterhaken-Köder: ein zappelnder Erdwurm. Ein Leckerbissen. Bedächtig rollte er den Nylonfaden ab. Wenn er sich nach vorn beugte, konnte er das Ende seiner Angel mit großem Fingerspitzengefühl bewegen. Der Wurm streifte Klaus am Maul. Die Echse zeigte unverhohlenes Interesse. Sie klappte die Kinnladen auf und wollte sie gerade über der Beute zuschnappen lassen, als der Kommissar sein Körpergewicht verlagerte, um anzuziehen. Die Ereignisse überstürzten sich. Charles rutschte, fluchte, ließ die Rute los und stürzte kopfüber ins Leere. Klaus verzog sich, um sich nicht am Schwanz kriegen zu lassen.

Mit einem Rette-sich-wer-kann-Ruck schloß Bellanger seine in Kescher verwandelten Hände um das Fensterbrett. Seine Füße baumelten im Nichts, und er sah, wie Klaus sich vor Lachen schüttelte.

Hippo war bereits seit dem Morgen unterwegs zum Wald. Er war quer durch die unbebauten Gelände gelaufen und an den Resten von Alcides Häuschen vorbeigekommen. Einen Augenblick lang war er vor dem Grundstück stehengeblieben und hatte sich vor einer großen Platane gesammelt, die der allerletzte lebende Baum der ganzen Gegend zu sein schien. Er hatte zu sich gesagt, daß er mit Julie-Berthe gern in den Wipfel dieses Denkmals gestiegen wäre.

Nach den Beschreibungen Edouards hatte er ohne Mühe Juliettes Arbeitsgebiet gefunden. Er setzte sich im Schneidersitz nieder, zog sein *Gimel* mit Geige aus der Tasche und begann, die Rinde einiger grüner Zweige abzuschälen. Das Räderwerk in seinem Gehirn bereitete ihm seltsame Kopfschmerzen. Es schien ihm, als wären die Eichen im Wald größer geworden. Als hätte sich auf jeden Fall der Boden wegbewegt. Als sei er mehr und mehr von der wirklichen Welt abgeschnitten. Er schnitzte weiter an den Holzstückchen herum. Ohne es zu merken, gab er ihnen die Form von großbusigen Frauen. Er nannte sie Karapian, Achère, Juliette und Peggy Spring. Die häßlichste von allen nannte er Mutti. Mit einem zufällig gefundenen Nagel befestigte er sie an einem kleinen Brett. Er betrachtete das Foto von Marylin und zerriß es in tausend kleine Stücke. Löste seine Uhr vom Handgelenk und zertrat sie mit seinem Absatz. Sofort blieb die Zeit stehen.

Chapeau wachte früh auf. Schuld war das Telefon. Olga war an der Strippe. Sie teilte ihm mit, daß heute der 14. Juli sei, daß sie trotzdem im Büro sei, daß ein Paket für ihn angekommen sei und daß er die Gendarmeriebrigade von Ecouen zurückrufen solle. Was er umgehend tat.

Der Gendarm Bellac Victor vermittelte ihn weiter an den Brigadier Ménard Alfred, der ihm meldete, daß man schon wieder eine Leiche gefunden habe. Die einer blonden jungen Frau. Man habe sie in einem Straßenbaugelände neben der N 16 gefunden. Dort sollte eine Schnellstraßenverbindung zum zukünftigen Flughafen Roissy gebaut werden. Große Lastwagen luden Tonnen von Schutt, Erde und selbst Küchenherde und Waschmaschinen dort ab. Alles nur Erdenkliche wurde benutzt, um die Hohlräume zu stopfen, die Lücken aufzufüllen.

Clovis sprang in seinen *504*.

Das Opfer war nach seinem Tod vergewaltigt worden. Der Medizinmann war sich da sicher. Wie gewöhnlich hatte Billy auf dem Bauch seine Unterschrift hinterlassen.

Rundfunk und Zeitungen legten volle Pulle los. Clovis fühlte, wie ihm die Dinge über den Kopf wuchsen. Sein Schnupfen machte die Sache auch nicht besser. Sein Kopf war wie leergepustet. Er überlegte ernsthaft, ob er nicht Bellanger anrufen sollte, um sich ihm anzuvertrauen.

«I need a little help.» Tatü, tata, fuhr er zur Wache zurück. Versuchte das Département Lot telefonisch zu erreichen. Unmöglich. Nie kam man durch zu diesem mistigen Kuhdorf, zu diesen Hinterwäldlern. Clovis schiß drauf. Er rotzte Olga an, wie es weder Gott noch sonst einer erlaubt.

Inspektor Chapeau stand kurz vor der Depression. Der Untersuchungsrichter hatte versucht, ihn zu erreichen. Sicher, um ihn mit Lob einzuseifen. Die Telefonzentrale des Kommissariats konnte sich der vielen Anrufe nicht mehr erwehren und implodierte an diesem Morgen zweimal.

Billy-ze-Kick war so berühmt geworden, daß es schon an Fieber grenzte. Alle hatten ihn überall gesehen. Jede einzelne Meldung mußte überprüft werden. An jeder Straßenecke fielen die Tussis reihenweise in Ohnmacht. Ihnen ging der Arsch auf Grundeis. Und dann noch die hysterischen Zicken, die seit Jahren auf eine Vergewaltigung spannten und sich den Killer als Briefträger oder Klempner verkleidet vorstellten oder ihren Fleischer verdächtigten.

Punkt zehn Uhr morgens meldete sich der Fahrer, der die Altenpflegerin an der Porte de la Chapelle aufgelesen hatte, freiwillig bei der Polizei. Er erklärte lang, breit und quer die Umstände, unter denen er die Tramperin mitgenommen hatte. Er betonte, sie sei eine Nervensäge gewesen.

«Sie sabbelte in ihr Eierschalen-Kostüm, verzapfte finstersten Blödsinn», erklärte er ruhig. «Ich habe sie an der Straße abgesetzt. Sie hat nur gekriegt, was sie verdiente.»

«Sie! Sie sind vorläufig unter Arrest!» entschied Chapeau.

«Das fehlte noch. Ich habe Termine!»

«Mir doch egal!» Er wandte sich an die Streife: «Abführen!»

Daraufhin irrte sein erzürntes Auge durch den Raum und fiel auf das verfluchte Paket, das mit der Vortagespost angekommen war. Ach, Herr Jesus, Eilzustellung, sicher die Antwort auf diese Drecksanzeige!

Chapeau zerschnitt frenetisch die Schnüre an der Versandtasche. Er drehte sich zu seiner verdammt noch mal verrotteten und nichtsnutzigen Sekretärin um.

Befahl ihr, sein Kraftfeld zu räumen. Sie wich zurück und stolperte. Knallte die Klappe zu. Clovis stürzte sich auf die Verpackung. Zerriß sie. Zum Vorschein kam ein banaler Schuhkarton. Er lüftete den Deckel. Ein Paar ganz gewöhnliche *Tacks*. Mit passenden Schnürsenkeln. Billigware, kann man sagen.

Er untersuchte sie näher. Um rauszukriegen, was diese

verfluchten Scheißtreter wohl an seinem Leben verändern konnten. Sobald er sie anhatte, begriff er es (obschon ihn der linke drückte): Sie hatten genau sechs Zentimeter hohe Einlagen. Er überprüfte das. Ja, sechs. Er spiegelte sich in den großen Glasscheiben seines Büros. Die Gebäude der Käfigstadt reflektierten sich in Cinemascope darin. Er sah sich deutlich als 1,70 Meter großen Kommissar.

Das änderte alles.

Ihm wurde klar, daß sein persönliches Problem gelöst war. Abgeheftet. Er wußte, er würde Billy entlarven. Eine spektakuläre Verhaftung vollbringen. Einen Orden bekommen. Er war überzeugt, daß dein *Bac*, mein *Bac*, wirklich unser *Bac* war, daß er unerhört zuvorkommend, beispielhaft höflich sein würde. Subito ließ er den Typen von der N 16 – mit Entschuldigungen – frei, bat ihn jedoch, gütigst der Justiz weiterhin zur Verfügung zu stehen.

Nunmehr würde Vergil es wagen, den Fahrstuhl zu benutzen. Er würde Julie-Berthe höchstpersönlich zur Schule bringen. Im Handumdrehen würde er in den Elternbeirat gewählt, und seine Juliette würde er auch zurückerobern.

Er klingelte seiner netten Sekretärin. Olga schob ängstlich den Kopf zur Tür herein. Sie fragte:

«Haben Sie nach mir gerufen, Monsieur Roger?»

Noch nie hatte sie ihn beim Vornamen genannt. Schon brachte die Wirkung der Absätze alte Gewohnheiten zum Tanzen.

«Liebe alte Olga», sagte er ... «Wenn Sie einverstanden sind, werden wir die Herren von der Staatsanwaltschaft noch einmal anrufen. Gestatten Sie mir bitte, Sie beim Vornamen zu rufen ...»

Sie fiel aus allen Wolken.

Machte ein Geräusch wie ein altes Kissen, das man zu Boden fallen läßt. Puff.

Sie verdrückte eine Träne und sah ihn mit der unendlich

hingebungsvollen Liebe gewohltätigter Witwen und Waisen an. Dann wählte sie die Nummer und reichte ihm den Apparat. Er erhob sich. Sie fand ihn in jeder Hinsicht verändert. Herrisch. Vom Fleck weg verliebte sie sich in ihn.

Roger Chapeau begrüßte den Richter mit schneidender Stimme. Selbstsicher verlangte er Ellbogenfreiheit.

«Vierundzwanzig Stunden, Herr Untersuchungsrichter. Nur vierundzwanzig Stunden. Ich bin dem Täter auf der Spur.»

«Bereits jetzt, Chapeau? Erzählen Sie mir mehr!» Dem lief das Wasser im Mund zusammen.

«Ich kann nicht. Ich bitte Sie, mir zu vertrauen.»

«Ihr Risiko, Chapeau. Wenn es schiefgeht, decke ich Sie nicht.»

Wenn Juliette ihren Clovis hätte sehen können, ihr wäre glatt der Reißverschluß geplatzt. Das war nicht mehr der gleiche Mensch. Sein Schnupfen schien geheilt. Er hätte einem Bischof ein Iglu verkauft, seine Großmutter verramscht, einem Motorradfahrer einen Wohnwagen aufgeschwatzt oder einem beinlosen Krüppel einen Swimmingpool.

«Herr Untersuchungsrichter, morgen um diese Zeit habe ich den Mörder verhaftet.»

Er legte auf und wandte sich zu Olga:

«Trommeln Sie mir die Presse zusammen! Morgen um diese Zeit! Bis dahin: Embargo! Nicht eine Zeile darf veröffentlicht werden. Gut, Olga, ich werde Sie einweihen. Ich brauche übrigens auch Ihre Hilfe. Sie werden meine rechte Hand. Sie sind ein kluges Kind. Ich verlasse mich ganz auf Sie.»

Sie arbeiteten bis Mittag.

Er erzählte ihr, wie Billy-ze-Kick das Licht der Welt erblickt hatte, wie er, Chapeau, in gewisser Weise sein Erfinder gewesen war.

«Verstehen Sie, der Mörder scheint sich an die von mir erfundene Geschichte zu halten. Das heißt, die Einzelheiten werden ihm von meiner Frau – was ich bezweifle – oder von Julie-Berthe zugeflüstert, was ich für wahrscheinlicher halte. Mir will die Kleine nichts sagen. Sie werden ihr die Würmer aus der Nase ziehen, nachdem Sie sie zufällig kennengelernt haben ... Ich werde eine Begegnung arrangieren ...»

Olga las ihm jedes Wort von den Lippen ab. Sie wäre für ihn zur Hölle gefahren. Er lud sie zum Mittagessen ein. Zum Mittagessen!

Die gute alte Olga stopfte sich mit Erdbeeren und Schlagsahne voll.

30

Da ist nicht drumherum ßu sswänßeln. Da gibt es nichts. Kein Wenn und Aber, ich muß es einfach wissen. Also nehm ich Vatis Handbohrer aus dem Werkzeugkasten, ich tssecke, ob Dsudsu auch wirklich auf der Bärenhaut liegt, und sslüpfe in den großen Ssählerkasten.

Der ssteht genau ßwissen den beiden Wohnungen. Eine Wand bei uns, eine Wand bei Mademoiselle. Da drin hab ich meinen Beobachtungshocker sstehen. Ich setße mich drauf und mache mich an die Arbeit.

Ich brauche nur das Loch fertigzubohren, das ich sson begonnen habe. Ich hab ja geglaubt, ich ssaff es nie. Ehrlich gesagt, es war auch Ed, der das meiste gemacht hat. Nachts ist Peggy oft ßuhause, und Edouard kommt leichter aus seiner Wohnung raus. Aber trotßdem, ich werde das Loch ßu Ende bohren. Heute noch. Denn ich fühle es, today ist der große Tag.

Noch drei Umdrehungen und der Bohrer ist durch. Gessafft! Ich hab's! Den Patronen sei Dank!

Ich ssraube den Bohrer heraus. Ganß leise. Wie ein Mäuschen. Ich mach doch soo gerne solche Sachen! Echt, ich liebe das. Eines Tages, da werde ich mal einen umlegen müssen, um ßu sehen, wie das ist. Dieses Gefühl muß ich kennenlernen. Nur einmal, liebe Patronen, nur ein einßiges Mal, und ich werd es auch nie wieder tun!

Gerade jetßt sslägt mir das Herß mit ßehntausend Volt bis ßum Hals, so aufgeregt bin ich.

Ich bücke mich und linse …

Und ich sehe!

Peggy liegt im Bett. Sie ssläft noch. Ich sehe ihren entßückenden Rücken. Ein echt entßückender Rücken, meine Lieben. Sie hat nur ein Laken über sich, das die Linien ihres Pos betont. Beraussende Rundungen. Ich halte die Luft an. Ihr Arm hängt aus dem Bett. Sie bewegt sich ein wenig. Jaha, sie wacht auf.

Etwas wie ein Ssucken geht durch sie. Mit einem Ruck setßt sie sich auf. In ihr Laken eingewickelt. Ganß verknäuelt. Sie läuft zum Sspiegelssrank. Sseiße, ich sehe nichts. Doch, wenn ich den Kopf drehe, geht es besser. Gerade an der Grenße, aber e's geht. Endlich, sie läßt das Laken fallen. Sie sieht sich an. Ah, dieser Po! Rund und prächtig, man könnte Afrika und Amerika darauf malen! Ah, der ssöne Po!

Jetßt sstellt sie sich ssief hin, um ihn auch ßu sehen. Da: Die Seitenansicht, bitte sehr!

RATASSONG!!

Die Mussi von Mademoiselle ist ein Sswanß!

Die Mussi von Mademoiselle ist ein Sswanß!!

Die Mussi von Miss Sspring ist ein dicker Sswanß!!!

Billy! Billy ist Peggy!

Das haut mich so um, daß ich fast herunterkrache. Ich ssteige von meinem Ssemel, gehe raus aus dem Versslag, ssließe die Tür und kehre in mein Ssimmer ßurück.

Niemand hat mich gesehen.

Erst mal setß ich mich hin. Jetßt ist alles klar. Peggy ist nur eine Ssutßhülle. Ich brauche nur noch abßuwarten, wie sich die Dinge entwickeln. Ssum Beisspiel kann ich den ganßen Nachmittag sspaßierengehen.

Ich bin sicher, nach meinem Mordauftrag wird es Neuigkeiten geben, wenn ich ßurückkomme.

Peggy drückte sich ein Auge zu, und Billy drückte zurück. Billy war eine Koseform von William. Weh Punkt Woolf war sein richtiger Name. William-Cyril-Jonathan Woolf. Vierundzwanzig. Mit Pfirsichhaut, etwas zu schön für einen Mann. Das Bild, das ihm sein Spiegel zurückwarf, erschreckte ihn am meisten. Das Bild am Morgen, in dem man sich sucht.

Billy war beunruhigt.

In merkwürdiger Weise, ganz tief in seinem Innern.

Er hatte tief geschlafen. Zu tief. Als wolle er die Umrisse vergessen, als versuche sein Unterbewußtsein, die Gefahr zu zensieren, die über ihm schwebte.

Seine Pupillen verengten sich.

Die Angst zog sich um sein Herz zusammen. Er fuhr sich mit der Hand über das Gesicht, als wolle er die Wirklichkeit wegwischen.

Dann erinnerte er sich.

Innerhalb von 24 Stunden hatte er dreimal zugeschlagen.

Jedesmal die gleiche Geschichte. Der Anblick einer begehrenswerten Frau löste etwas in ihm aus. Er wollte sie. Er spürte in sich das Verlangen, sie zu besitzen. Zwischen seinen Beinen zu behalten. Ihr die Erfüllung zu schenken.

Danach lief alles schief.

Die Vulgarität, die Blässe und das ‹Ewigweibliche› einer Frau jagten ihm Furcht ein. Konnten ihn verrückt vor Furcht machen. Vor Furcht, nicht vor etwas anderem.

Sofort stieg die Lebensangst in ihm hoch. Das wilde Entsetzen, nicht auf der Höhe, nicht potent zu sein. Nicht genug Saft zu haben. Im Glied nicht genug Kraft anzusammeln. Billy schüttelte sich.

Er betrachtete seinen Körper. Unvermittelt lief er zu seinem Bett. Seine Hände wühlten unter der Matratze, befingerten den kühlen Stahl, beruhigten sich beim Kontakt mit der Waffe.

Es war ein *Buffalo-Stand*-Karabiner, ein Präzisionsgewehr. Kaliber 22 long rifle mit verstellbarem Abzug und Zielfernrohr zum Einrasten. Gewicht 2,6 kg.

Er nahm den Kolben und schulterte blitzschnell. Einmal, zweimal. Er drehte sich auf dem Absatz um und überraschte seinen eigenen Schatten im Spiegel. Waffen hatten ihn schon immer beruhigt. Durch das Fernrohr machte er sich ein Kreuz auf die Stirn. Er simulierte einen Schuß.

Er radierte diesen Killer-Billy aus.

Der killte, um frei zu sein, auf seine Art zu lieben. So oft er wollte. Noch. Immer mehr. Immer wieder. Auf dem Höhepunkt der Wut, der Brutalität, der Manneskraft. Und auf den Körpern der Toten war er der Schönste (er spannte den Hahn, schob die Patrone vor), der Einzige (er zog ab), der Einzigartige (er schob die Patrone vor), der Superman (er zog erneut ab). Ja, unter diesen Bedingungen war er in der Lage, sich zu übertreffen. (Er senkte die Waffe.) Er hatte es bewiesen. Dreimal in England. Dreimal in Frankreich. Wenn er wollte, konnte er es auch in Deutschland oder Dänemark beweisen.

Er schenkte sich ein armes, kleines Lächeln.

Das allererste Mal zählte er nicht mit.

Als alles angefangen hatte.

Eine hysterische Kuh.

Eine Freundin seiner Mutter (die gerade gestorben war). Sie hatte ihn fast gezwungen, ‹es› zu machen. Er würde es schaffen. Es war das erste Mal. Neuland. Ein Urwald, in dem ihn jedes Geräusch ängstigte. Wie als er ein Kind war und zum Milchholen in den abseits im tiefsten Wald gelegenen Bauernhof geschickt wurde. Seine Nerven waren zum Zerreißen gespannt. Bis zum Anschlag aufgedreht. Er spürte, er würde es schaffen. Zum Mann werden. Die Probe bestehen. Und dann hatte sie angefangen zu schreien. Zu brüllen. Zur Hündin zu werden. Den Bauch in die Luft zu strecken. Um mehr zu betteln und um Schläge. Er sollte sie ins Gesicht schlagen. Fester. Und er hatte es getan. Sie zerfloß unter ihm. Sie machte plop. Ein weiches, aus den Tiefen dieser eher häßlichen weiblichen Hülle kommendes Geräusch.

Er hatte sich seine Partnerin angesehen. Ein Etui, in dem sich sein Glied abrieb. Bis es nicht mehr konnte. Zusammenschrumpfte. Sie wand sich auf der Stelle. Er erinnerte sich an ihren etwas zerknitterten Hals, der plötzlich mit roten Flecken übersät war. Da hatte er ihn zugedrückt. Zugedrückt, bis er knackte wie eine frische Erbsenschale beim Auspulen.

Erst danach hatte er gespürt, wie er wieder anschwoll, reißend, hart und männlich wie ein Hengst wurde.

Seither gab es für ihn nur noch diese Art der Liebe. Das war nicht wirklich seine Schuld. MAN hatte ihn gelehrt, es so zu machen.

Anfangs hatte er sich angewidert.

Er hatte sich den Krieg erklärt, sich bestraft. Sich als Frau verkleidet, um nicht mehr zu verführen. Nicht mehr in Versuchung zu kommen.

In der Not war er rückfällig geworden, mit einer Studentin. Alles voll Blut. Eine Horrornacht zum Badewannenvolllaufenlassen. Am nächsten Morgen hatte er sich wieder als Frau verkleidet. Diesmal, um der Polizei zu entwischen. Nicht nur sich selbst. Um nicht geschnappt zu werden.

Er hatte die Flucht ergriffen, sich organisiert.

Er begann zu überlegen.

Er wollte seine Fehler auflisten. Das Risiko einer Verhaftung kalkulieren. Gestern, nein wirklich, da war er nicht er selbst gewesen. Er hatte sich seiner eigenen Kontrolle entzogen.

Julie-Berthe war schuld. Dieses Mädchen war ein Dämon.

Immer trug sie zweideutige Sätze im Mund. Ungeheuerlich für ihr Alter. Ein Blick wie aus Steingut – ohne jede Gefühlsregung. Sie hatte Peggy angesehen und ihr gesagt:

«Eines Tages werde ich jemanden umbringen müssen. Um ßu sehen, wie das ist. Ach, am liebsten würde ich eine glückliche Person umlegen, die wird es nicht einmal merken.»

Diese Szene hatte sich vor dem Wohnturm abgespielt. Die Kleine war ihres Weges gegangen. Tap, tap, tap. Die Hochzeitsgesellschaft quoll aus den Wagen heraus. Ein fröhlicher Haufen. Peggy hatte auf einen Zettel geschrieben:

Gedingenst, meine Liebe! Ein typischer Julie-Berthe-Ausdruck.

Sie hatte das Briefchen von einem Meßdiener übermitteln lassen. Hatte ihm gesagt:

«Wenn die Braut nach der Trauung aus der Kirche kommt, gibst du ihr bitte diesen Brief.»

Er war ein geldgieriger Rotzlöffel. Er hatte Daumen und Zeigefinger gegeneinandergerieben und verkündet:

«Drei Pfund!»

Dann die Zeremonie. Der Gefühlsdusel. Und zu guter Letzt die Glocken. Die Prozession aus der Kirche. Von der Terrasse aus hatte Billy alles wie im Stummfilm verfolgt. Durch sein Zielfernrohr. Scharfe Einstellung auf das Paar. Lächeln für die Fotografen. Ankunft des Meßdieners, der die Botschaft übergibt. Der Knabe geht ab. Gesamtaufnahme des fröhlichen Treibens durch Totale mit den eigenen Augen. Mehr Fotos. Neue Großaufnahme des Paares. Die junge Frau hat den Umschlag noch immer nicht geöffnet. Die Zeit verstreicht, Paare treten vor, beglückwünschen, umarmen. Der frischgebackene Ehemann steigt zwei Stufen hinab. Die Braut nutzt das, um den Brief aufzureißen. Sie liest. Kreuz auf ihr Gesicht. Sie scheint überrascht, runzelt die Stirn. Sucht den Blick ihres Mannes. Dann zerknüllt sie den Zettel. Tritt zu ihm. Sagt nichts. Sie gleiten die letzten Treppenstufen vorsichtig hinunter. Kreuz auf die Brust der jungen Frau. Schuß. Koitus. Ferngesteuert. Ohne das Opfer auch nur zu berühren.

Alles in allem ein einziger Fehler, der Meßdiener. Doch der Knabe hatte nichts von sich hören lassen. Sonst wäre ihm die Polizei schon auf der Spur.

Der zweite Koitus (er nannte das, was für ihn eine Geste der Liebe war, nicht gerne Mord) – der zweite war der vorgeplante. Seit mehreren Tagen. Eigentlich hatte er nur mit dem gerechnet. Er hatte genügend Vorsichtsmaßnahmen getroffen, um nicht beunruhigt zu werden. Von der kleinen Angestellten am Fotoautomaten war nichts zu befürchten. Er hatte alle Spuren seines Motorrads verwischt.

Der dritte – der war ein Zufallsprodukt gewesen. Wirklich. Die Nacht, die Begegnung mit diesem absurden Mädchen, dieser zum Heulen blöden Klatschbase, zu schnell die Tat, ihre Gewaltsamkeit hatte ihn erschreckt. Ihm wurde mehr und mehr klar, daß er keine Entscheidungsfreiheit mehr hatte. Die Besessenheit kam über ihn, noch bevor er sich grünes Licht gegeben hatte.

Eines Tages würde er in die Falle gehen, weil er nicht widerstehen konnte.

Er versuchte diese Wende zu durchleuchten. Bis dahin war er völlig einsam gewesen. Ganz Woolf. Deshalb hatte die Polizei ihm nichts anhaben können.

Er dachte wieder an Julie-Berthe. Warum zum Teufel handelte er nach dem, was sie ihm vorschrieb? Wie ließ sich die Faszination erklären, die sie auf ihn ausübte?

Anfangs hatte er in Billy-ze-Kick eine Art Stoßdämpfer zwischen sich und den Bullen gesehen. Eine falsche Fährte. Ein Alibi, das ihm Zeit zum Verschwinden geben sollte. Danach war es zur dummen Herausforderung geworden. Zu einer Art Rätsel, das er diesem Blödmann von Chapeau aufgeben wollte. Diesem Fliegengewichtsbullen. Er hatte eben einen Sinn für Humor. C'est la vie. Tel Aviv.

Doch jetzt, jetzt, wo alles gefährlich wurde, wo die Bullen das Netz zuziehen würden (bei dem Verbrechen der letzten Nacht hatte er die Reifenspuren nicht beseitigt), warum sollte er da den makabren Mummenschanz fortführen?

Warum sollte er die Absurdität so weit treiben, Juliette umzulegen?

Weil ein kleines Mädchen mit einer gewölbten Stirn ihn darum gebeten hatte? Weil sie ihre Puppenaugen in seine gesenkt hatte? Nein. Tausendmal nein.

In Wahrheit war Juliette genau der Typ, der Prototyp der Frau, die er begehrte. Sie war besudelt. Gab sich jedem hin. Denen, die sie wollten, die dafür zahlten. Und er, William-Cyril-Jonathan Woolf, wäre, falls er ihr Leben beendete, der einzige, der sie voll und ganz, gratis, heftig, fortissimo besitzen würde.

Bei diesem Gedanken richtete sich sein Glied auf.

Männlich. Er würde männlich sein. Er würde noch diese Nacht weggehen. Nach der Tat. Er würde über die Grenze gehen. Nach Belgien. Jawohl, nach Belgien.

Er packte eine Tasche, in die er wahllos einige Sachen stopfte. Dann wandte er sich seiner Person zu und begann, mit größter Sorgfalt Peggy Spring herzurichten.

Die Alte Olga hatte zuviel des Guten verdrückt. Wie ein schlaffer Sack döste sie, auf ihrem Stuhl zusammengesunken, vor sich hin, als ihr Chef in das winzige Büro trat. In der Hand hielt er zwei Rosensträuße.

«Meine liebe Alte Olga, diese Blumen sind für Sie! Ich habe auch welche für Madame Chapeau besorgt! Ich werde sie ihr sofort bringen. Ich überlasse den Laden Ihrer Obhut. Benutzen Sie meinen Schreibtisch. In der unteren Schublade ist Konfekt. Sie werden sich dort wohler fühlen als hier. Man kann ja kaum atmen ... Also, wir sind uns einig, nicht wahr ... Sobald ich zu Hause bin, klingle ich Sie an. Ich arrangiere ein Treffen mit Julie-Berthe. Sie sollten sie nach Paris mitnehmen. Das ist ihr Traum ... So habe ich einerseits Ellbogenfreiheit, was Peggy Spring betrifft, und andererseits versuchen Sie, Julie die Bandwürmer aus der Nase zu ziehen. Machen Sie auf Phantasie und Exotik. Je mehr verrückte Sachen Sie ihr erzählen, desto stärker wird sie sich Ihnen anvertrauen wollen. Einverstanden?»

«Einverstanden, Roger.»

Er schloß die Tür.

Sie blieb allein vor einem Berg Teerosen zurück. Eine kleine grüne Spinne sprang auf das Löschblatt. Sehr geschickt sonnte sie sich im Licht. Die Tür wurde wieder aufgestoßen. Der liebenswürdige Chapeau beugte sich zu ihr vor:

«Noch eins, meine gute Olga! Ich werde es Ihnen vergelten! Doch, doch. Da bestehe ich drauf.»

Wie Seifenblasen blies er zwei oder drei auf seine Hand gedrückte Küsse zu ihr hin. Er gab ihnen noch etwas Auftrieb und schloß dann sanft die Tür. Die gute Alte Olga öffnete einen überdimensionalen Mund und schnappte sie gierig wie ein Trüffelschwein auf.

Dann schob sie ein DIN-A4-Blatt unter die kleine Spinne und trug sie hinaus. Aus seinem Betonhäuschen sah ihr der

Wachhabende mit seinem Maschinengewehr gerührt zu. Sie setzte sie zu Füßen eines Gänseblümchens ab, das die Beete des Kommissariats zierte. Sie pflückte das Blümchen und befragte es bis zum letzten Blütenblatt. Dann füllte sie eine Vase mit Wasser und steckte die Rosen fächerig hinein. Sofort bekam sie Lust, Ferienpläne zu schmieden.

Die liebe Alte Olga stellte fest, daß sie Korsika nicht kannte. Daraufhin stimmte sie, ohne je den Text gelernt zu haben, die ‹Ajaccienne› an – und sah sinnend zum Telefon hin.

31

Yippie, die Sonne schien für alle. Juliette hatte die Wohnungsfenster weit aufgerissen. Das Dröhnen der Lautsprecher schwappte hinein, ohne anzuklopfen. Die neuesten Schlager – in diesem Fall Made in Normandie – machten sich breit. Denn alle Geschäftsleute waren in diesen Werbewochen auf Draht.

Juliette ließ ihre Peitsche im Takt knallen. Dann räumte sie sie in die Kiste ihrer Waldeslust. Sie hatte gerade ihr Dominakostüm gebügelt. Am Vortag hatte Eugène es ganz schön zerknautscht. Sie beugte sich über die Balkonbrüstung und hoffte inständig, ihre Mutter werde sie vor Abfahrt des Zuges nicht noch einmal anrufen.

Sie war besorgt. Wie konnte sie die alte Dame nur davon abhalten, mit Clovis über ihren ‹Nachmittagsjob› zu sprechen? Noch etwas. Wenn nun Billy einer ihrer Kunden war? Sie fragte sich, ob es wohl wirklich vernünftig war, heute auf den Strich zu gehen. Dann sagte sie sich: Ach, Scheibenkleister! Was würde sie aber tun, sollte sich der Mörder bei ihr blicken lassen? Nun? Was denn? Und wenn er sich plötzlich entschließen sollte, sie höchstpersönlich umzulegen? Sie, Juju, inmitten der Veilchen.

Über die Brüstung hinweg sah sie Julie-Berthe, die mit den Nachbarskindern in Eugènes Bus stieg. Einige Straßen weiter war ein Jahrmarkt. Die Gören waren total aus dem Häuschen. Heute abend würde es einen Fackelzug geben.

Eugène beaufsichtigte das Einstiegsmanöver. Er hob den Kopf. Er war puterrot. Das sah man sogar aus dem achten Stock. Er winkte der jungen Frau, dem blauen Himmel, den Vöglein zu. Doch Eugène machte sich Sorgen. Edouard war verschwunden. Wenn er bis heute abend nicht zu Hause war, mußte man die Polizei einschalten. Deshalb hatte der Koloß nichts gegessen. Er hatte sich mit Sprit vollgesogen, mit vergorenem Traubensaft. Bei dieser Hitze fühlte er sein Blut dick werden. Seine Arterien waren aus Eternit. Er klemmte sich hinter den Lenker. Die Straße kam ihm enger vor als sonst. Er schaltete die Beleuchtung ein und fuhr langsam im ersten Gang an. Er hatte nicht vor, während der Fahrt den Gang zu wechseln.

Julie-Berthe sah dem davonfahrenden Bus zu.

Sie steckte sich den Finger in die Nase. Grub etwas, drehte und förderte so unter ihrem Nagel einen alten Popel zutage, der sie gestört hatte. Sie schnipste ihn durch die Luft und rannte um die Ecke.

Ihr Trick hatte hundertprozentig geklappt. Sie war zu einer Bustür hinein- und zur anderen hinausgestiegen. Dazu muß gesagt werden, daß Eugène nicht bis 47 Kinder zählen konnte.

Julie-Berthe würde sich einen tollen Nachmittag machen. Einen echten Erwachsenentag. Jetzt, wo sie Billy-ze-Kick mit ihrem Verbrechen beauftragt hatte und seine Identität kannte, war sie beruhigt. Sie brauchte nur noch die Ergebnisse abzuwarten. Vielleicht heute abend, vielleicht spätnachts. Wer weiß?

In ihrem tiefsten Innern flüsterte eine klare, süße Stimme ihr zu, sie sei ein ekelhaftes Gör. Sie ließe ihre eigene Mutter ermorden und das tue man nicht in einer Familie. Julie-Berthe erstickte das dünne Stimmchen, indem sie abschaltete.

«Ich bin eine Mörderin», murmelte sie entzückt. In der Tasche tastete sie nach den Münzen aus ihrem frischgeschlachteten Sparschwein. Ihre Fingerspitzen trafen dabei auf den Lippenstift, den sie sich mal eben von ihrer Mutter geborgt hatte, die ihn nun wohl nicht mehr brauchen würde. Sie machte sich auf die Suche nach einer ruhigen Ecke, in der sie sich schminken konnte.

Im gleichen Augenblick sagte sich Juliette Chapeau, sei's drum, sie würde sich *Red Temptation*, den Stift, der die Lippen lächeln läßt, eben noch mal kaufen müssen. Er war einfach nicht zu finden. Sie begnügte sich mit einem Hauch von Wimperntusche, schlüpfte in ihre hochhackigen Schuhe, schnappte sich ihr Täschchen und rauschte dem Sex entgegen.

Der Fahrstuhl fuhr ihr vor der Nase weg. Im Vorbeifahren erkannte sie Madame Achère, die zur Karapian hochfuhr, um sauberzumachen.

Inzwischen raste Clovis Chapeau, ihr Ehegatte, auf den heimischen Herd zu. Mit dem Rand seines Absatzes drückte er das Gaspedal durch. Er malte sich aus, wie er seine Juliette im Morgenrock überraschen und wie sie vor seiner frisch erworbenen Größe schwach werden würde. Es war die günstigste Tageszeit. Die Mußestunde, in der der vom Mittagessen glutheißgelaufene Organismus eine rührende Bereitschaft auf den Körper überträgt. Fünfzehn Uhr! Die Stunde des Mittagsschläfchens! Schweifende Gedanken, Erotik!

Er sah sich schon mit einer Hand den Hintern seiner Julie streicheln, und mit der anderen ihre süße, runde, warme, feuchte ... als er beinahe wirklich abgehoben hätte. Ein aus einer Tiefgarage hervorschießendes Sportcoupé hatte ihm soeben den Weg abgeschnitten. Ein *Matra*, so schien es ihm.

Sein Wagen schlingerte gefährlich. Verließ die Fahrbahn. Setzte seinen Weg auf dem Bürgersteig fort. Dort rutschte er und drehte eine halbe Runde. Fegte dabei drei Mülltonnen weg. Die Deckel brausten davon wie fliegende Untertassen und zwangen die Passanten zu Bücklingen.

Chapeau wurde schließlich die Zeit etwas lang. Er hatte Muße festzustellen, daß er nicht so gerne gegen die Fahrtrichtung saß. In der gleichen Sekunde enterte das wildgewordene Auto ein Fischgeschäft. Clovis durchquerte den Laden rückwärts. Der Rennwagen blieb im Kühlhaus stekken. Der Motor begann sofort zu husten und gab den Geist auf. Chapeau begrüßte eiskalt den auf ihn zueilenden Ladenbesitzer.

Von der Höhe seiner ein Meter siebzig herab fand er genau die passenden Worte:

«Ich habe Vollkasko», versicherte er.

Madame Achère sperrte die Karapiansche Wohnungstür mit ihrem Generalschlüssel auf. Die Sängerin kam aus ihrem Zimmer, das sie sonst fast nie verließ. Sie hatte sich von Kopf bis Fuß in Schale geschmissen. Zu einer Verdi-Melodie sang sie die Liste der anfallenden Arbeiten.

Madame Achère spendete Beifall und begann mit dem Abwasch. Edouard stieß die Schranktür eine Handbreit auf. Er riskierte einen Blick und holte tief Luft. Im Lauf der Nacht hatte ihn Delon im Stich gelassen, um zu einer Premiere zu eilen. Eiskalt, inmitten der Schuhspanner. Ed war eingeschlafen, niedergestreckt von all der Aufregung.

Um zehn Uhr morgens hatte es einen Alarm gegeben. Der Schrank war aufgerissen worden. Die Hand der Sängerin hatte sich tastend vorgewagt. Wie eine Krabbe. Das Tier hatte sich zwischen die Aushöhlungen geschlichen und die Stoffe befingert. Es hielt auf dem Kopf des Rotschopfs inne. Schien erstaunt und ließ das irrtümlich ergriffene Haarbüschel fallen. Bewegte sich nach oben, um zu sehen, ob es da genauso sei. Das war es nicht ... Das Tier kam zur nochmaligen Überprüfung zurück, doch Ed hatte sich zu Boden geworfen. Als Ablenkungsmanöver hielt er dem Schalentier einen x-beliebigen Stoff hin. Die Krabbe zögerte und lehnte schließlich dieses für die Jahreszeit unvernünftige Angebot ab. Schließlich entschied sie sich für ein Herbstlaubkostüm und schlug die Tür wieder zu.

Die Stunden häuften sich zu einem drückenden Berg. Ed verlor jedes Zeitgefühl. Manchmal pfiff die indische Amsel, die ganz in der Nähe Käfig hielt, die Marseillaise. Oder ein Stück aus dem Repertoire. Das war die einzige Zerstreuung. Die Ankunft von Madame Achère riß den Jungen aus seinem Halbschlaf. Die Stimme der Karapian erscholl in den Schrankleisten. Sie modulierte einen ersten Satz in halbhohen Tönen:

«Madame Achère! Madame A-a-a-chè-è-è-ère!
Ich gehe ein Stündchen aus.
Besorgungen machen,
Be-so-so-, Be-so-so-
Beso-horgu-hungen!»

Und schloß in den höchsten Tönen ab:

«... Schlußverkauf bei Brenninckmeyer!»

Der Kerzenleuchter in der guten Stube zitterte mit allen Gläsern. Der schwarze Vogel pfiff bewundernd.

Sobald der Karottenkopf die Wohnungstür zufallen und den Abwasch weiterlaufen hörte, schlüpfte er aus seinem Gefängnis. Schon erreichte er die Gerade zum Gang, als er – wie im Kino – im Spiegel die schwarze Silhouette von Clémentine Achère vor sich sah. Sie war hinter dem Schirmständer aufgetaucht. Jetzt bleckte sie ihre langen, wie Klaviertasten auseinandergezogenen Zähne. Es gab schwarze und weiße. Sie stieß ein anhaltendes, verstimmtes Lachen aus – eine Art mißlungenes Arpeggio, das man durch Niederdrücken der rechten Pedale hätte verlängern wollen. Eines dieser Lachen, die einfrieren, erstarren und durchbohren. Das Lachen eines Vampirs.

Ed wartete nur darauf, daß sie sagte:

«Deine Freiheit gegen ein Glas Blut!»

Doch statt dessen:

«Tja, mein Mäuschen, jetzt mußt du mir aber mal sagen, was du hier tust. Das interessiert mich ja nun doch. O je, o je, o je!»

In genau diesem Augenblick – daran sollte man sich erinnern – faßte Ed einen Entschluß für die Zukunft. Er würde ein dressiertes Pferd haben. Zu einem verabredeten Signal würde dieses edle Geschöpf auftauchen. In welchen Umständen auch immer sein Herr sich befinden mochte. Ed würde aus jeder beliebigen Höhe auf den Rücken des Tieres springen. Wie Zorro, wie alle Helden. Er gab seinem zukünftigen Gefährten einen Namen: Jolly Max.

Aber jetzt lief noch alles schief.

Ohne ihre Gummihandschuhe abzustreifen, ging Madame Achère auf ihn los. Sie stellte ihr Glas und ein Handtuch ab. Er versuchte zwischen ihren ausgebreiteten Beinen durchzuschlüpfen. Das Halseisen schnappte zu wie eine Falle. Die Achère hatte wahnsinnig gute Reflexe. Ein Training wie ein alter Trapper. Sie ergriff ihn am Nacken und hob ihn hoch. Er ruderte wie im Schwimmbad. Ohne ihn abzusetzen, transportierte sie ihn zu sich nach Hause in den sechsten Stock. Unterwegs trafen sie niemanden. Sie fragte weiter:

«Also? Erzähl der alten Achère mal, was du da oben gesucht hast. Hast wohl Voyeur gespielt, was? O je, o je, o je – kleines Früchtchen deines Vaters!»

Statt einer Antwort zog Ed seine Rotzfahne hoch. Er setzte eine furchtbar trotzige Miene auf. Dachte an Seite 14 eines superstarken Buches. Er sagte sich, die Folter werde bei ihm nicht wirken. Sogar, falls man ihm die Fingernägel ausreißen sollte. Im übrigen hatte er gar keine. Beim Fußballspielen abgekaut. Die Achère hob ihn wieder hoch. Sie trug ihn ohne Zwischenstop in ein dunkles, ranzig riechendes Zimmer. Keine Fenster. Nur ein Riesenhaufen Holz.

«Solange du nicht alles kleingesägt hast – für meinen Kachelofen –, bekommst du nichts zu essen. Tja, tja, tja», sagte die Dreckschleuder von Achère und schloß die Tür von außen.

Ed blieb auf allen vieren sitzen. Er zählte mit, wie sie die drei Schlösser doppelt umdrehte.

Da konnte er nur noch seiner Mutter nachweinen.

Clémentine verließ den sechsten Stock, um sich wieder in den neunten zu begeben. Sie hörte, wie jemand im Affenzahn durch das Treppenhaus rannte. Ihr Beobachtungsdrang gebot ihr, sich in einem dunklen Winkel zu verstekken.

Das Geräusch kam näher. Sie sah Inspektor Chapeau vorbeiflitzen. Er hielt einen Rosenstrauß in der Hand und nahm immer zwei Stufen auf einmal. Ein abscheulicher Fischgeruch zog hinter ihm her. Clémentine hätte sich fast erbrochen. Sie hörte, wie Clovis sich im achten mit zweimaligem Klingeln ankündigte. Du armer Schwachkopf, sagte sie bei sich, um diese Zeit beglückt Juliette gerade einen Dunkelhaarigen von *Del Monte* oder einen Kleinen von *Danone*.

Sie ging ebenfalls nach oben.

Die Treppenbeleuchtung schaltete sich ab. Sie glitt hinter Chapeau vorbei. Hintenrum, duckmäuserisch, Achère eben. Trotzdem stellte sie im Vorbeigehen fest, daß er gewachsen war. Hielt einen Augenblick inne. Wie um Atem zu holen. Ganz normal. Aus Spaß an der Freude ließ sie fallen:

«Es riecht nach Fisch! Hmm, es riecht nach Fisch. Finden Sie nicht auch, daß es nach Fisch riecht?»

Clovis regaierte darauf nur mit Sturmklingeln. Ohne sich umzudrehen, fragte er:

«Sie haben nicht zufällig meine Frau gesehen? Ich suche meine Frau. Sie müßte hier sein. Normalerweise. Ist das nicht merkwürdig?»

Clémentine ergriff die Gelegenheit beim Schopf und packte den Fisch am Schwanz:

«Um diese Zeit wird sie wohl zur Arbeit sein. Wie jeden Nachmittag ...»

«Zur Arbeit?»

Clovis steckte sich den kleinen Finger ins Ohr. Ungläubig benutzte er ihn wie einen Korkenzieher. Ein wenig Ohrenschmalz hätte ihm in dieser haarigen Situation weitergeholfen. Er hätte es zu Kügelchen gerollt. Hätte sich weniger allein gefühlt.

«Arbeiten, wie? An einem Sonntag, einem Feiertag, meine ich», wiederholte er aus dem Halbdunkel.

«Wissen Sie was?» beruhigte ihn jubelnd die Dreckschleuder von Achère. «... wenn Sie den Fahrstuhl benutzen, werden Sie sie vielleicht noch einholen können. Vor fünf Minuten war sie noch da ... Sie ist gerade runtergefahren.»

Natürlich wollte sie unbedingt, daß er das Kapitel las, das sie in der vorigen Nacht geschrieben hatte.

Mit einem Ruck schob er das Gitter zurück und stürzte in die Kabine. Schloß die Tür. Drückte auf EG. Er sah seine weiche Chapeau-Birne im Spiegel und hatte die Vorahnung, daß ein Unheil ihn treffen würde.

Dann bemerkte er die Graffitis. Er las sie zweimal durch. Die Unterschrift lautete Billy-ze-Kick. Wieder eine andere Schrift!

Der Fahrstuhl war schon eine ganze Weile unten angekommen. Nachdem er sein Unglück zur Kenntnis genommen hatte, riß er eine Seite aus seinem Notizblock heraus und notierte die Adresse. Er ließ sich auf den Notsitz fallen. Mechanisch streifte er die Latschen ab. Nahm die Einlagen heraus. Zog die Schuhe wieder an (sieh an, der linke drückte nicht mehr). Lange Zeit saß er so und knallte die kompensatorischen Absätze gegeneinander. Schließlich erhob er sich, um sechs Zentimeter geschrumpft, und rief aus:

«Himmel, Arsch und Wolkenbruch, du einäugige Hure!»

Dabei trampelte er auf den Rosen herum. Diese unkoordinierte Anstrengung verbreitete einen starken Fisch- und Futgeruch um ihn herum. Er trat auf den Bürgersteig hinaus.

Sonne und Lautsprechermusik überschwemmten die Straße. Gerade als er in sein ramponiertes Auto steigen wollte, überlegte er es sich anders. Er mußte Julie-Berthe finden. Langsam schritt er die Bürgersteige ab und fand das Gör vor dem Spiegel eines Damenfriseurs. Sie war damit beschäftigt, sich die Lippen anzumalen.

Clovis schimpfte sie nicht aus, sondern fragte freundlich:

«Was tust du da, Julie-Berthe? Ich wette, du langweilst dich.»

Das kleine Mädchen sagte sich, daß die Erwachsenen einem immer eine Lösung anbieten, wenn man keine Antwort auf ihre dummen Fragen hat:

«Jaha, ich langweile mich.»

«Nun gut. Willst du zum Friseur gehen? Du hast mir erzählt, daß das dein Traum ist. Du kannst dir ganz allein eine neue Frisur aussuchen.»

«Ganß allein? Wie eine Große?»

«Wie eine Große.»

«Einversstanden. Geld her, Clovis!»

«Okay, ich zahle.»

Sie gingen hinein. Er übergab die Kleine einer Tussi mit

superkurzem Kittel und ging wieder. Aus einer Kneipe rief er die Alte Olga an und beorderte sie auf der Stelle her. Sie dürfe nicht mehr von Julie-Berthes Seite weichen.

Er ging zu seinem Wagen zurück, vergrub sich in den Fahrersitz und zündete die erste Wartefluppe an. Er lauerte Peggy Spring auf.

32

Hippo wühlte in der rechten Tasche seiner Wolljacke. Er zog die Schnur heraus. Sagte sich, damit könne man Juliette am besten erdrosseln. Er hatte die Lage sorgfältig studiert. Die Domina übte ihr Gewerbe in einer kleinen natürlichen Höhle aus. Gerade jetzt ging sie unter einem flandrischen Riesen durch, der zum drittenmal nach mehr verlangte.

Als er endgültig genug hatte, machte sich der Typ davon.

Juliette gönnte sich eine Atempause. Hippo trat in Erscheinung. Er war hinter ihr und schlich sich geräuschlos heran. In letzter Sekunde drehte sie sich um. Zuckte zusammen. Spürte instinktiv die Gefahr. Sie sahen sich an, ohne ein Wort zu wagen. Hippo stand neben sich und fühlte, wie er die Brille auf die Nase schob. Juliettes Schönheit brachte ihn um die Fassung. Sie stotterte:

«Hippo, was tun Sie hier?»

«Ich habe Ihnen zugesehen», antwortete er, ohne auch nur im geringsten zu wissen, was er eine Minute später tun würde.

Sie erhob sich. Sie fühlte sich bedroht. Mußte die Initiative ergreifen und konnte nur auf ihren Körper zählen. Nicht auf ihre Kraft. Auf ihren Körper. Auf die Anziehungskraft ihres Körpers. Um ihr Leben zu retten.

«Sie sind so schüchtern, Hippo. Kommen Sie doch mal her zu mir ...»

Sie streckte die Hand nach ihm aus. Wie ein aufgezogener Automat kam er steif an und setzte sich neben sie. Ihr Parfüm vernebelte ihm die Birne. Sein Gehirn pochte gegen die Schädeldecke. Es tat so weh!

Sorgfältig justierte sie ihre Brustspitzen auf den Widersacher: Er erschauerte.

«Haben Sie etwas gegen Sex?» fragte sie.

«Nichts. Und vor allem nicht gegen Ihr Geschlecht, das schöne», stotterte der Kranke.

Sie gewann an Boden, das spürte sie deutlich. Sie wagte, seine Hand zu nehmen.

«Sind Sie noch unberührt, Hippo?»

Er schwitzte Blut und Wasser. Fühlte sich in die Kindheit zurückversetzt.

«Die Frauen sind obszön», stammelte er.

«Die Frauen sind sanft, Hippo. Sie sind ein kleiner Junge, ein Baby.»

Sie streichelte sein Haar.

«Nein, nicht mein Haar. Ich will nicht, daß man mich anfaßt.»

Er wich zurück – erschrocken, gefährlich. Es war die falsche Fährte gewesen. Sie fing ihn mit Worten, Satzfetzen wieder ein:

«Sie werden doch meinem Mann nichts sagen, nein? Das fehlte noch. Im übrigen sind Sie ja auch nicht koscher in der ganzen Geschichte. (Sie hatte beschlossen, aggressiv zu werden, anzugreifen.) … Sie befummeln im Fahrstuhl meine Tochter! Sie sind besessen von der Schüttelrutsche. Ich spreche als Mutter zu Ihnen: Lassen Sie der Kleinen ihre Illusionen, ihre Minzdrops.»

«Ich habe Julie-Berthe nie berührt!»

«… Wenn Sie Erregung brauchen, die kann ich Ihnen von nun an jeden Morgen bereiten.»

Er sah sie starr an. Hielt das dünne Seil in den weißen Fingern. Straffte es plötzlich. Eine Geste, die Juliette nicht entging.

Sie mußte reden, reden, reden, irgend etwas sagen, Sätze zwischen sich und ihn stapeln. Sie mußte den Auslöser stoppen, der im Kopf dieses Irren ein Uhrwerk ablaufen ließ.

«... Ich werde zum Duschen zu Ihnen kommen ... ich werde meine Strümpfe am Fuß Ihres Bettes ablegen ... hören Sie, ich schenke Ihnen jeden Mittwoch eine zärtliche Stunde ...»

«Gehen Sie doch zum Teufel! Das ist Bestechung. Ich bin ein Schizophrener, Madame! Ein Wahnsinniger, kein Erotomane!»

«Eroto-to und nympho-pho, ach geh! Da kann keiner widerstehen! Laß mich's dir mal zeigen ...», antwortete die Hetäre, um sich zu retten – wer kann.

Ihre Hand fuhr ohne Vorwarnung in seine Hose. Ihr Scharfsinn war schrecklich. Im Handumdrehen war der Matrose bereit, in See zu stechen. Seine *Eminence*, der Slip, stand unter geblähten Segeln. Julie La Fête wählte für Hippo das Transportmittel aus: Zuerst ratterte er im Leiterwägelchen, in der Rikscha, im Leih- und Beiwagen.

Dann plötzlich sprang sie auf das Trittbrett.

Teufel auch, jetzt ging es im Zweispänner los, im Landauer, in der Kalesche, der Postkutsche, in der Victoria. Hippo war zu einem langen Marsch aufgebrochen. In eine neue Landschaft. In unberührtes Gelände. Eine lange Reise. Er bewegte sich in einer Sänfte, auf einer Bahre. Die Troika, die Trage raubten ihm die Luft. Röhrend brauste der TEE aus dem Grand Canyon: die Büffelherde war los. Er brannte durch, legte die Sitze um, rammte gegen die Takelage. Dann schwenkten sie ab nach Osten.

Diese Frau war Wladiwostok. Singapur. Die Beresina. Eine Rakete, ein Formel 3, 2, 1. Ein Autopanzer, ein Taxitorpedo. Mit dreihundert Stundenkilometern schleuderte er in der Geraden des Nürburgrings gegen die Leitplanken. Der Ordnungsdienst klappte einwandfrei. Die Feuerwehr rückte an. Hippo versank im Löschraum und blickte auf seine rauchenden Reifen. Er rutschte auf einem Ölfleck aus und erlitt Verbrennungen dritten Grades. Stille. Leere. Finsternis. Nach einer dreiviertel Stunde knipste er die Deckenlampe wieder an. Auf Knien rutschte er zu seiner Box hin. Als der Tag zur Neige ging, kam er an. Das Publikum hatte schon lange die Tribünen verlassen. Er setzte seinen Helm ab, denn der drückte ihn am Kopf. Kratzte sich am Kinn. Sein Bart war gewachsen.

Mit anderen Worten, als Hippo wieder zu sich kam, war es vier Uhr nachmittags. Er war allein. Eine unglaubliche Ruhe erfüllte ihn. Juliette war verschwunden.

Mit wankenden Knien stand er auf. Und ging in Richtung Stadt. Völlig ausgerastet irrte er ziellos durch Straßen, während sich so ziemlich überall der 14. Juli zusammenbraute. Bälle wurden vorbereitet, Girlanden aufgehängt.

Bald würde die Feier losgehen.

So ziemlich überall war es siebzehn Uhr.

Im Département Lot pusselte Kommissar Bellanger umständlich mit zwei Wäscheklammern herum, die seine Sonntagshosenbeine unten zusammenhalten sollten. Er wollte nämlich nach Montcuq radeln und dort Gabrielle treffen. Gerade als er anmutig zum Anstieg in die schwindelnden Höhen ansetzte, lief ihm ein schafsähnliches, aber dickeres, langsameres und starrköpfigeres Tier über den Weg. Es war ein prächtiger, scharfer, schwarzohriger Widder aus der Causse. Ein Drahteselverächter. Er blieb stehen und stampfte mit seinen feingeschwungenen, muskulösen Beinchen auf der Stelle. Dann beugte er gemütlich das Haupt und nahm einen sehr kleinen Anlauf. Er visierte – was sich sozusagen anbot – die schwächlichen Speichen von Charlies Rad, und es gelang ihm mit einem, dem ersten, Schlag seinen Kopf durch das Vorderrad zu stecken.

Ein locker durchlaufender Fußgänger legt unter heftiger Sonnenbestrahlung sechs Kilometer in einer Stunde zurück. Bis Montcuq sind es acht Kilometer. Wie lange wird der Kommissar brauchen, bis er zu seiner Dame gelangt?

Anderswo war es auch siebzehn Uhr.

Auf der Terrasse eines Cafés wühlte Hippo in der rechten Tasche seiner Wolljacke. Er förderte einen Zinnsoldaten zutage und sah ihm in die Augen: Es war ein Brigadegeneral.

Im sechsten Stock des Sozialturms hörte Ed auf zu heulen. Er nahm sein erstes Holzscheit vom Haufen und begann mit dem Sägen: Es war Eiche.

In der Waldschenke erholte sich Juliette langsam vor einem Glas Weißwein: Sie trank *Gros Plan*.

In den Tiefen seines abgewrackten 504-Düsenbombers brannte Inspektor Chapeau seinen zehnten Glimmstengel ab: Das Warten war aufreibend.

In einem großen Saal des ‹Hôtel-Dieu›-Krankenhauses in Paris beugte sich ein Assistenzarzt über Michel Bellanger, der am Vorabend zusammengeschlagen worden war von Méridou Gaston, seines Zeichens CRS-Einsatzmann in den Straßenkämpfen und in Angoulême geboren. Während Gaston an seine Tante schrieb, um sie zu bitten, beim nächsten Schweineschlachten etwas Frischwurst für ihn zurückzulegen, versuchte Michel, sich möglichst nicht auf die linke Tour davonzumachen, obwohl das sonst ja eigentlich seine Art war. Die Ärzte beschlossen, die Familienangehörigen per Telegramm zu verständigen.

Die Alte Olga war soeben beim Damenfriseur erschienen. Sie setzte sich auf einen Stuhl, der Pffft machte, und warf einen Blick auf ihre Nachbarin. Julie-Berthe bemerkte sie sofort und blinzelte ihr zu. Olga hatte sich für diese Gelegenheit in ein Blümchen- und Pünktchenkleid geworfen. Sie hatte beschlossen, die Gelegenheit zu nutzen, ihren Chef mit einer gußeisernen Welle zu überraschen.

Um das kleine Mädchen anzulocken, gab sie sich hysterisch-geschwätzig. Die Unterhaltung begann im schnellen Trab.

In der gleichen Sekunde spülte Eugène am Rande der N 16 – glugger, glugger! – seinen Schlund aus. Er benutzte «*Odol* gibt sympathischen Atem». Für den Fall der Veilchen hatte er das immer im Bus dabei. Nachdem er sich einen neuen Mundgeschmack zugelegt hatte, pinkelte er in aller Öffentlichkeit und schwor sich, einen Fasan zu kaufen, um die Rückkehr seines Sohnes Edouard zu feiern.

Die Dreckschleuder von Achère gab einige Spritzer des neuen *Pril* in das Becken und begann presto, presto einen Topf zu scheuern, in dem sich das Gemüse ordentlich festgesetzt hatte. Danach schwang sie sich auf ihr Fahrrad und steuerte den Wald an.

Im achten Stock hatte Billy-ze-Kick sich wieder in Peggy Spring verwandelt. Billy war ein As im Schminken. Er hatte sich mit Blushing-Powder – cooles Aussehen, langes Leben – begnügt. Dann hatte er sich unter den 16 Crème-Gels den heutigen Augenaufschlag von Mademoiselle ausgesucht. Er entschied sich für einen violetten Schatten. Samt auf den Augendeckeln, Tanzfünkchen in den Augen. Seine Plastikbrust wurde von *Triumph* gehalten – einem Modell mit separaten Körbchen und Kreuzband. Er streichelte *Baby long legs* – macht Beine bis zum Halsansatz. Schnappte seine Tasche, steckte den Motorradanzug hinein und lief, vier Stufen auf einmal nehmend, nach unten.

Als er auf dem Bürgersteig nichts Verdächtiges bemerkte, legte er einen Zahn zu. Rannte bis zu einer Tiefgarage. Roger Chapeau fuhr langsam an und nahm die Verfolgung auf. Er sah Peggy in die Garage hineingehen und hätte sich um ein Haar abhängen lassen, als sie mit Affenzahn auf einer *750er Trident* hinausfegte. Der Fall seines Lebens kam ins Rollen.

33

«Sie sind süß! Vielen Dank für die Umhängetasse!» sagte Julie-Berthe, als die Tür eines Lederwarenladens in der Nähe des Arc de Triomphe hinter ihnen zugefallen war.

Sie wirbelte die Fransentasche am Riemen herum. Wrrt, wrrt auf den Champs-Élysées. Ihre andere Hand schob sie in Alte Olgas große Patsche.

«Es ist doch nur normal, daß wir Frauen uns untereinander kleine Geschenke machen», versicherte die Sekretärin.

Julie-Berthe betrachtete Paris mit den Augen der Begierde. Diese erwachsene Frau da war ganz schön dämlich, so mit ihr herumzuspazieren. Sie hatte auch alles bezahlt. Die U-Bahn, das Undsoweiter, das italienische Eis. Sie stiefelten über das Pariser Pflaster. Überall lagen Reste des morgendlichen 14. Juli herum. Man hatte paradiert. Gitter, Fahnen, Spuren von Panzerfahrzeugen im Teer. Trip, trap sprangen sie im Takt von einem Fuß auf den anderen. Die Häuser schlenkerten stoßweise von oben nach unten und umgekehrt. In Begleitung von Cary Grant, amerikanischen Touristen, Zebrastreifen, Verkehrspolizisten, falsch geparkten Autos gingen sie die Straße hinauf zum Arc de Triomphe. Sie lachten. Stießen mit den Omas zusammen. Die Alte Olga kriegte sich nicht mehr ein. Voll Zuneigung küßte sie einen Blinden und kaufte ihm ein Lotterielos ab.

Julie-Berthe trat auf eine Sprechblase. Sie sagte: «Entssuldigung, werte Base», und quietschte vor Vergnügen. Konnte nicht mehr mit dem Lachen aufhören. Empört flatterte das Pappschild auf und wechselte die Straßenseite. Die Alte Olga jubilierte:

«Heute ist kein gewöhnlicher Tag! Alles, was ich sehe, alles, was mir über den Weg läuft, ist fesselnd. Völlig außergewöhnlich. So, als sei ich vorher taub, blind und ohne Glanz gewesen. Das Leben ist wunderbar, Mademoiselle Julie-Berthe! Stellen Sie sich vor: Ich habe Lust auf Tee, Torte und Ferien am Meer!»

(Die abscheuliche Olga versuchte die Phantasie der Kleinen anzuregen, dabei wurde sie lyrisch.)

«... Der Gedanke an die Bermudas überflutet mich! ... Bald werde ich die Welt der Strände hinter einer Polaroid-Sonnenbrille aufreißen. Ich werde mit allen Poren atmen. Ich werde nicht mehr so sein, wie ich aussehe. Ich werde anfangen zu leben ... wissen Sie, daß ich mich seit dem Einzug von Pattons Panzern in die Straßburger Vororte nicht mehr mit offenen Augen umgesehen habe?»

«Ich jedenfalls sstehe auf Erdbeer-Sahne», ließ sich Julie-Berthe vernehmen und zeigte auf eine Konditorei.

Doch die Alte Olga schwelgte in Talmi-Erinnerungen und stützte sich auf ein Absperrgitter, das für die morgendliche Parade aufgestellt worden war. Sie schwenkte eine unsichtbare Fahne. Julie-Berthe setzte eine süßliche Miene auf und schenkte ihr als Zugeständnis einen aufmerksamen Blick.

Die Alte Olga klatschte Beifall für die Amis:

«Ich hatte eine Elsässer Tracht an und hielt Blumen im Arm! Er war schwarz und groß. Hieß Tom. Ach, war der schön! Er war da stationiert. Ich hatte ihm das Wort Storch beigebracht. Er stellte sich auf ein Bein. Wir nisteten unterm Dach. Durch mich hat er das Münster und die Würstchen kennengelernt. Er hatte ein rosarotes Lachen. Schmauchte Maispfeifchen. Ich zündete sie ihm an. Einen Virginiageschmack im Mund, eine Khakijacke über die Schultern geworfen, hörte ich der Stimme meines persönlichen New Orleans zu. Das Land der Bäume, the land of trees. Wir lebten im Rhythmus von Louisiana. Oh, Basin Street. Die Straße, in der sich alle treffen. Oh, oh, Basin Street Blues!

Tom hob mich mit einer einzigen Hand hoch. Er ließ mich sanft auf sich rollen. Auf nach Mississippi. Der Mais stand mir bis zum Bart, und bis zum Morgengrauen sah ich Schaufelraddampfer vorbeiziehen. Die Reise und die Sünde hungerten uns aus. Am frühen Morgen stürzten wir uns auf die Soldatenration ...»

«Darf ich Sie darauf hinweisen, daß die Liebesknochen da drüben ganß interessant aussehen? Außerdem ist das, was Sie mir da erßählen, nicht gerade jugendfrei», bemerkte das kleine Mädchen.

«Dennoch werden wir Kirschkuchen essen. Ja, besser noch Mirabellentorte», antwortete die Alte Olga.

Entschlossen betrat sie den Laden.

Julie-Berthe setzte sich als erste.

Ihre Beine reichten nicht bis zum Boden. Sie dachte an Billy und sagte sich, vielleicht gäbe es ja schon Neuigkeiten an der Verbrechensfront. Ein Stück Obsttorte und sie würde nach Hause fahren. Die Erwachsene begann sie zu nerven. Sie schlenkerte mit den Beinen, paßte jedoch gut auf, daß sie die Ellbogen nicht auf den Tisch legte, um nicht unhöflich zu wirken. Sie hob eine sehr schön gebleichte Haarsträhne an, die ihr das linke Auge aus dem Gesicht radierte. Ihr Hals senkte sich, um ein Gegengewicht herzustellen. Verstohlen zupfte sie an ihrer Unterhose, die in der Furche festklemmte.

Die Alte Olga setzte sich ebenfalls hin. Sie wußte nicht, daß dies das letzte Mal war. Sie verkündete:

«Die Vergangenheit ist vergangen.»

Was zweifellos den Tatsachen entspricht. Sie räumte selbige mit einigen Sätzen vom Tisch:

«Lange Zeit blieb ich allein mit Toms Pantinen. Er hatte sie unter dem Bett vergessen. Ich habe sie auf dem Kaminsims aufgestellt. Wie ein Familienfoto. Der Schlamm blätterte ab. Ich habe sie nicht mehr abgestaubt. Schluß mit Onkel Toms Hütte. Ich habe Papierfähnchen auf eine Deutschlandkarte gesteckt. Der Krieg ist zurückgewichen. Tom hat Berlin eingenommen. Nunmehr besang er seine Bäume Unter den Linden ... Noch eine Postkarte. Und dann nichts mehr. Ich habe die Pantinen in den Müll geworfen und mich auf den Weg nach Paris gemacht ...»

«Essen wir nach den Mirabellen Sswarßwälder Kirss?» schlug Julie-Berthe vor.

«Wie Sie möchten, wie Sie möchten, kleines Fräulein», rülpste die Alte Olga, die deutlich an Frische eingebüßt hatte ... Kühlheit ... «Um auf die Pantinen zurückzukommen, sie hätten nicht noch einmal benutzt werden können. Tom trug Größe 48 und der ganze Rest paßte dazu ... Sie verstehen meine Wehmut.»

Sie hatte an diesem Nachmittag ihren langen Haarschopf ziemlich skalpiert.

Mit dem neuen Bubikopf sah sie wie ein alter bartloser Jüngling aus. Sie berührte ihren Stiftzahn. Sofort dachte sie an Roger Chapeau, ihren kleinen Wunderchef. Sie dachte auch an die Aufgabe, mit der er sie betraut hatte. Obwohl der Zuckerguß auf den Kuchen sie in allen Weisheitszähnen schmerzte.

«Essen wir jetzt Rumkugeln. Versenken wir unsere Karies im Alkohol. Danach bestellen wir noch mal das gleiche. Mit einigen Kilos mehr wäre ich eine ausgezeichnete zweite Kraft. Ich werde meine Zähne auswechseln lassen. Mit den neuen Prothesen kann man sehr fest zubeißen.»

Das sagte sie plötzlich, von seltsamen Entschlüssen übermannt. Sie fixierte Julie-Berthe und patschte in die Buttercreme:

«Sie erschrecken mich, Julie-Berthe. Sie sind Ihrem Alter so weit voraus.»

«Das sstimmt, was die Männer betrifft. Doch ansonsten habe ich Wissenslügen.»

«Ach wirklich?»

«Jaha doch. In einigen Dingen bin ich einfach naiv.»

«Wie zum Beispiel?»

«O, ganß doofe Dinge ... Ich habe lange Sseit gedacht, Bücher wüchsen auf Buchsbäumen. Doch jetßt geht es sson besser als letßtes Jahr. Vor allem seit ich *Alice im Wunderland* durchgeblättert habe. Da ssteht einfach alles drin. Mein Verlobter hat es mir empfohlen.»

«Ach, Sie sind verlobt, Julie-Berthe?»

«Fast. Es ist nur noch eine Frage des Ringes. Mein Verlobter ist ein sympathisser älterer Menss. Ein Typ mit Phantasie. Sogar ßuviel. Großmutter-Omi sagt, er ist plemplem.»

«Ach, das ist aber interessant! Erzählen Sie mir noch mehr darüber?»

«Nein. Das geht Sie nichts an.»

Fehlanzeige, Alte Olga. Schweigen. Dann nahm das Mädchen mit einem süßlichen Lächeln das Gespräch wieder auf: «Jetßt, wo wir den gleichen Friseur haben, sslage ich vor, daß ich dich duße. Ist doch intimer, oder?»

«Wie du willst, Julie-Berthe, wie du willst.»

Sie aßen ganz abscheulich süßlich-pappige Kuchen. Die Konditorsfrau war total begeistert von ihrem selbstmörderisch guten Willen und organisierte die Orgie. Sie schenkte ihnen sogar einen Rest Schlagsahne. Julie-Berthe sagte sich, sie werde die Erwachsene auf dem Spachtelfeld zum Umfallen bringen. Sie wollte herausfinden, ob man jemanden mit Nahrung ermorden kann. Das interessierte sie. Nur deshalb blieb sie noch.

«Also, wie war das mit den Männern», fragte die Alte Olga schließlich begierig.

Sie ließ ein ungewolltes ‹Hicks› entweichen. Ihre Leber verquirlte sich in ihrem Hals.

«Ich halte sie ßum besten. Ich dingense. Ich lasse mich bessenken», erklärte das kleine Mädchen, dessen Organismus jeder Herausforderung gewachsen war.

«Wirklich? Da bin ich aber japp drauf, mehr zu hören ...», winkte die Alte Olga, die sich auf einer interessanten Fährte wähnte, mit dem Zaunpfahl.

«Bomboms, Ssmuck. Ich werde wahrsseinlich auch einen Baum bekommen. Vielleicht einen Fahrstuhl. Es war auch die Rede von einem Hund. Ich mag sie nur gelb. Ich habe das genau angegeben. Er wird blutrünstig sein.»

«Ach, ist das spannend!»

«Das ist noch nicht alles. Ich werde auch ein Verbrechen gessenkt bekommen. Ich bin eine Killerin. Kennst du Billy-ße-Kick? Das ist mein Freund. Er tut alles, was ich ihm sage.»

«Erzähl schon!»

Und nochmals hicks. Schluckauf geht's, Alte Olga. Und das Gefühl, daß ein sahnedickes Ende naht. Hicks! Sie bekämpfte die aufkommende Übelkeit und versuchte gleichzeitig mit einem allerletzten Satz, Vertrauen zu erwecken:

«Ich wiederum glaube, hicks, daß ich eine Reise nach Korsika geschenkt kriege. Hicks! Ich werde mir einen heißen Sommer mit meinem Chef machen. Hicks, hicks, hicks!»

«Hurra! Alte Olga!» brüllte Julie-Berthe, um sie zu erschrecken und so dem Schluckauf ein Ende zu bereiten.

Doch sogleich hielt die ganz Alte Olga ihre Hand ans Herz. Sie errötete wie ein Dalton am Ende eines Lucky Luke. Die Lage schien ernst. Sie hauchte:

«Du hast mich erschreckt! Oh, hab ich einen Schrecken bekommen! Meine Sinne schwinden ...»

Sie hätte es gerne noch herausgekriegt. Eine fixe Idee vor dem Tod aus Pflichterfüllung.

«... und wer ist Billy-ze-Kick?»

Sie hörte die Antwort nicht.

Wurde unendlich weich. War nicht mehr wirklich ein menschliches Wesen. Eher ein Sack aus irgendeiner Materie, der irgendwie über der Lehne eines vergoldeten Stuhles hing.

«Meine Tropfen! Schnell, meine Tropfen! Mein Herz nippelt ab! Ich bin halb im Eimer», gurgelte die arme Alte Olga noch.

Resolut tauchte Julie-Berthe ihre Hand in die angegebene Richtung. In ein Medikamententäschchen. Mit mehreren Fläschchen in verschiedenen Farben. Die violetten schienen ihr die mörderischsten. Auf einem roten Aufkleber war ein Totenkopf und man solle die angegebene Dosis nicht überschreiten. Der Inhalt zweier Röhrchen in etwas Tee schien ihr angemessen für eine Schocktherapie.

Die Flüssigkeit rann in den Mund der Sterbenden. Lief um den Stiftzahn herum, am Zäpfchen vorbei, am Kehlkopf hinunter, sie rieselte in den Magen, drang in den Darm. Und tötete Olga.

Julie-Berthe merkte das sofort:

«Gedingenst, meine Liebe», juchzte sie vor Vergnügen.

Das bestätigte auch der herbeigerufene Arzt. Man ging von einer Verdauungsstörung aus.

«Dafür bürge ich», sagte die Konditorsfrau.

Die Gaffer klebten sardinendicht am Schaufenster. Ein Clergyman der anglikanischen Kirche strich um das Pünktchenkleid der verblichenen A. O. herum. Er war aus Bradford/Yorkshire angereist, um das Sacré-Coeur abzulichten und den Abstieg nach Pigalle zu wagen. Jetzt stellte er seine 24/36-Spiegelreflexkamera auf einem Stuhl ab. Sobald er ihr den Rücken gedreht hatte, war sie weg. Der Reverend setzte einen ernsten Oxfordton auf und gab einige ökumenische Sprüche von sich.

Eine Möbelpackerdecke war über die Leiche ausgebreitet worden. Mit tatü tata fuhr die Alte Olga zur Morgue. Sie ließ einen Schuh zurück, den sie beim Kampf gegen das Ableben verloren hatte. Die Konditorsfrau fand ihn unter dem Tisch, als sie einen Teelöffel aufhob, mit dem man versucht hatte, die Zunge der Sterbenden niederzudrücken. Sie wollte ihn dem kleinen Mädchen geben, das die Verstorbene begleitet hatte, doch sie konnte das Kind nicht finden.

In genau diesem Augenblick stieß der Reverend einen gutturalen, karateschrillen Schrei aus:

«*Yashica*!»

In Wirklichkeit entsprang der Ausdruck nicht der japanischen Kriegskunst. Er verkörperte den reinen Verlustschmerz im Markennamen seines Fotoapparats.

Die Gaffergruppe löste sich auf, keiner wollte des Diebstahls verdächtigt werden. Der Reverend weigerte sich, Klage zu erheben. Er erinnerte sich, die hüllenlosen Posen von Mauricette Lepic, Starmodel eines Sexshops des 18. Arrondissement, auf das Negativ gebannt zu haben.

Julie-Berthe rannte ihrerseits durch die Métrogänge. In der Hand hielt sie fest umklammert das Giftfläschchen.

P. S. (für patentierte Abschweifer)

Die Konditorsfrau blieb allein zurück. Sie hielt die echt schweinslederne Sandale am Riemen. Ein verwaister Schuh half ihr nicht weiter. Da das Kind verschwunden war, fragte sie sich, wer ihr wohl jemals die Rechnung bezahlen werde.

Nun, sie hätte sie dem Leichenwäscher schicken können, der die Alte Olga bearbeitete. Als er sie ein wenig säuberte, fand er in ihrer Tasche ein Los der Nationallotterie. Aus der Serie der zerbrochenen Krüge. Es war eine Nummer mit lauter 7. Er gewann eine Million Francs in der A Tranche. Die Alte Olga hatte sich noch eine schöne Scheibe abgeschnitten. Der Leichenwäscher – und daran sieht man, wie sich die Dinge ineinanderfügen – hieß Matteo. Er kehrte in seinen Heimatort Ajaccio zurück und ließ sich dort nieder.

34

An diesem Spätnachmittag des 14. Juli ballten sich dicke Wolken zusammen. Choleriker als Windbeutel verkleidet. Die meisten von ihnen waren Schaumschläger, die sich nur damit brüsteten, blitzschnell ihr Aussehen verändern zu können. Unter ihren Regenkapuzen setzten sie grollende Mienen auf.

Die Insekten spielten verrückt.

Die plötzlich launisch gewordenen Bremsen rollten mit ihren grünen Augen. Sie summten im Zickzack zwischen den ausgedörrten Menschen, Bockbieren, Limonaden und Kümmeln hin und her.

In der Ferne machte der Donner einen auf Krieg. Brüderlich fiel eine vom Veteranentreffen zurückgekehrte Fanfare ein. Es war eine arg verbrauchte Fanfare von einem Altherrenmusikverein. Der legte mit der großen Pauke los und krächzte bis hin zur Schenke.

Die weißen Kappen fielen von den Köpfen. Sie stanken nach gekochtem Leder. Die Blasinstrumente waren ermattet. Die Hörner klangen nach einer Niederlage. Bei einem solchen Gewitter wird jede Hose zur Ziehharmonika. Es ist die Stunde der Flaschen, des Schoppens, der Kurzen. Mit einem Zipfel des Küchentuchs wischte der Wirt die runden Abzeichen der Rotweingläser von den Tischen. Exakt an der gleichen Stelle nahm ein Ballonglas seinen Posten ein. Es gibt Tage, an denen kein Rotweinglas blau machen kann.

Schließlich machte sich das Musikcorps auf ein Zeichen des Anführers hin wieder auf den Weg. Der Fahnenträger war der letzte. Er pißte auf seine Fahnenstange wie ein Bauarbeiter in die Hände spuckt, bevor er die Hacke aufnimmt. Schwerfällig folgte er ihren Spuren. Erst nach etwa hundert Metern gelang es ihm, die Fahne zu entrollen. Er kreuzte den Weg eines Mopeds, das ihn beinahe niedergemäht hätte. Im Stolperschritt drehte er sich um und drohte mit der Faust. Ein gewaltiger Bremsstoß ließ ihn sich auf der Stelle herumwerfen. Unter der Trikolore stand ein *504*. Der wütende, in rotweißblaue Falten gehüllte Chapeau brüllte:

«Aus dem Weg, caramba!»

Wind war aufgekommen. Er vertrieb unsere Damen aus dem Dickicht, in dem sie ihrem Gewerbe nachgingen.

Coco traf Julie La Fête vor der Schenke:

«Wenn es regnet, ist es aus mit dem Strich! Trinken wir einen und denken wir nicht mehr dran! So ein Pech, wo heute die Wälder von Patrioten nur so wimmeln!»

Juliette antwortete nicht. Knapp dem Tod entronnen, hatte sie sich mit jeder Menge Blanc' Cassis wieder aufgemöbelt. Daher sah sie die Welt plötzlich durch eine rosarote Brille. Süß war das Leben. Echt süß.

Fast hätte sie die unerwartete Ankunft einer von Kopf bis Zeh herausgeputzten Miss Peggy Spring aus dieser Stimmung herausgerissen. Die Sache wurde ganz eindeutig immer seltsamer. Die britische Beauty war etwas aufdringlich aufgemacht. Prächtige Schminktur und großes Décolleté. Sie maßen einander auf Wimperntuschenhöhe, und Peggy ließ ihr Gebiß lustig aufblitzen.

«Hallo Juliette», sagt sie. «Sie erlauben doch, daß ich Sie so nenne?»

«Wie Sie meinen», antwortete die etwas weggetretene Juju.

«Wer ist diese schnepfig angemalte Schneegans und was schnüffelt sie auf unserem Kriegspfad herum?» flüsterte Coco, die Nase tief in ihrem Muscadet versenkt.

«Eben, eben», säuselte Peggy, «ich möchte mich Ihnen anschließen, meine Damen. Würden Sie mich in Ihre Reihen aufnehmen?»

«Was? Auf den Strich gehen?»

«Yes. Ich möchte den Beruf erlernen ...»

Darüber lachte Juliette sich naß. Ihre Nervosität und die Absurdität der Situation erstickten sie.

«Woher wissen Sie, daß ich hier bin? Von Eugène?»

«Nein.»

«Von Edouard?»

«Nein. Von Achère.»

«Ach du jeh, dies ist mein letzter Tag hier», erklärte Juliette. «Alle wissen Bescheid. Die Sache wird ein böses Ende nehmen.»

Peggy Spring wand sich auf ihrem Hocker.

«Also, nehmen Sie mich nun auf, ja oder nein?»

La Fête und Coco waren weichherzig. Die Wälder waren geräumig. Die Sache rührte die beiden Aktiven. Sie kreisten das Problem ein. Sondierten das Feld. Diskutierten.

Coco erklärte, man müsse noch einen trinken. Julie trank ex. Peggy vernichtete ihren Muscadet in nur zwei Schlucken. Ein inneres Vergnügen wärmte sie in ihren Adern.

Drei Runden später:

«Wenn du unseren Beruf ergreifen willst, mußt du oben was herzeigen», schrie Coco und sprang von ihrem Stuhl.

«Noch mehr?» (Billy hatte Schiß, man werde seinen plastifizierten Busen entdecken.)

«Leg deine Schätze frei. Zeig deine Flutlinie. Du hast Juwelen im Giftschrank. Alle Kraft voraus!»

Hierbei modellierte Coco mit dem Daumennagel die Titten der Novizin. Dazu muß angemerkt werden, daß unsere Damen blau wie Niveadosen waren. Unterdessen hockte Inspektor Chapeau in einem sehr unbequemen Versteck, wo ihn die Ameisen anfraßen.

Doch von dem Schauspiel gefesselt und von seiner Grippe benebelt, konnte er sich nicht zum Eingreifen entschließen. Er wollte sehen, wie weit sich die Dinge entwikkeln würden. Er hatte vor allem vor, Juliette auf frischer Ehebruchs- und Prostitutionstat zu ertappen. Spitzte seine Ohren aufs schärfste: Juliette mischte sich gerade ein.

«Und wie bewegst du dich? Der Stil ist wichtig. Schwenk

nach außen aus, Peggy. Gib Leine. Scher mit dem Becken aus. Nimm wieder nach innen, und jetzt, mein Täubchen, verfrachte die gleiche Menge nach der andern Seite. So! Gut! … die Männer werden bei dramatischer Hüftarbeit schwach.»

Und das stimmte. Chapeau vergaß seinen Zorn und spitzte wie ein Voyeur.

Peggy Spring schwenkte währenddessen anmutig durch die Landschaft, und Billy, der sich unter der Schminke amüsierte, fand die Sache plötzlich erstaunlich lustvoll. Er fand es prickelnd, so angesehen zu werden. Eine weitere Runde Weißwein wurde geordert. Halbe Umdrehung angeschnitten, Abgang mit flüchtigem Augenaufschlag, doppelte Volte des Venusbergs, Diwansenke: Die wichtigsten Figuren wurden behandelt.

«Das wär's! Da hast du die Grundlagen», erklärte Coco. «Du wirst bald ein Waldröslein sein. Du bist begabt, Peggyschatz. Hast den Hintern gut gepolstert! Es wird nicht lange dauern, bis du den Hals mit Spießern vollhaben wirst. Noch vor dem Herbst wirst du dich entblättern … das sagt dir Coco. Ich bin ein alter Eintopf. Seit zwanzig Jahren köchele ich rum. Habe in Algier, Schanghai und Hamburg globegestricht. Die Hochburgen. Sagst du Sebastopol! Well, da war ich auch.»

Während der gesamten Vorstellung bewegte sich Chapeau am Rande des Hirnschlags. Doch über den Grabenrand, wo er wie eine Feldmaus raschelte, sah er kaum hinweg. Über die Untreue seiner Juju konnte kein Zweifel mehr bestehen … Ratlosigkeit und leicht heruntergeklappter Unterkiefer bezogen sich auf die Spring. Natürlich machte sie das Motorradfahren verdächtig, und selbstverständlich, sagte sich Clovis, würde er die Reifenspuren der *Trident* mit den am Tatort gefundenen vergleichen lassen, doch nichtsdestotrotz machte ihn derartige Weiblichkeit baff. Von Peggy bis Billy war ein Geschlecht zu überspringen: Dazu konnte sich der Inspektor nicht durchringen.

Die wild entschlossene Peggy jedoch fühlte sich ausgereift, vollmundig und abgerundet. Es war wie auf der Bühne, wie im *Alcatraz*, wenn sie auftrat. Dies war die Rolle ihres Lebens. Sie wurde zur Edelnutte, prägte sich die Gesten und Einzelheiten ein. Schon hatte sie die Hochschulreife erlangt.

«Ich bin hingerissen», rief sie. «Los, noch eine Runde! Herr Ober, drei Kelche!»

Es wurde eifrig gezecht. Bis sich Coco zur Erfüllung beruflicher Pflichten verdrückte. Der Wind hatte sich gelegt. Ein Betonmischer hatte unter den Eichen gestoppt.

«Bis dahann!» Die Kundschaft tritt wieder an: «Mein Typ wird verlangt», sagte die dicke Nutte und bahnte sich einen Weg zu *Bau Steine Erden*.

Auch Juliette und Peggy schlugen sich in die Büsche. Genau darauf hatte William Woolf gehofft. Chapeau folgte ihrer Spur auf einem Nebenpfad. Schweigend, mehr Mohikaner als der letzte. Die beiden Frauen blieben in einer kleinen Höhle stehen:

«Hier ist dein Reich. Was hältst du davon?»

«Das ist ja besser als das der Inkas», schwärmte Peggy Spring.

Und sie gab an Billy weiter, daß dies der geeignete Ort sei, Juliette zu erdrosseln.

Doch der Zwirn der Ariadne sollte sich bald verknäulen. Alle Fäden zogen sich durch die Minigrotte. Die letzten Touristen räumten das Feld bei Anbruch der Nacht. Die Väter mehrerer Kinder nahmen das Jüngste huckepack auf den Rücken. Die von Insektenstichen ausgesaugten Ehefrauen sammelten die Thermosflaschen, Babysitze und Klappstühle ein. Man trat den Rückzug in Richtung Abstotterkarren an. Von jedem Auto erscholl dreimaliges Türenknallen. Finger wurden gequetscht. Tränen vergossen. Ohrfeigen ausgeteilt. Die Feiertage wurden beschimpft, und alle machten sich auf die Socken, um an dem gigantischen Stau teilhaben zu dürfen, der sich bereits ein gutes Stück vor Paris bildete. Kurz und gut: Die Familien verschwanden. Sie hinterließen Stoßstangenstückchen, Krocketkugeln und einige Badmintonfedern.

Als die Ruhe wieder eingekehrt war, sagte sich Billy, daß dies genau die richtigen Bedingungen für sein Vorhaben seien. Danach: ab nach Skandinavien. In diesem Augenblick fiel ihm ein Haar in die Suppe. Eine befremdliche Frage drang in das Gehirn des Bekloppten. Und wenn er diesmal, nur dies eine Mal, versuchen würde, mit seinem Opfer zu schlafen, bevor er es erwürgte? Vielleicht würde er es schaffen? Diesmal. Nur diesmal. Doch die Erinnerung an seine gescheiterten Versuche stieg in ihm auf wie eine dicke Seifenblase. Plopp. Nein, er fühlte sich dazu nicht imstande. Er ging auf Juliette zu, um ihr die Luft abzudrehen.

Ein Lastwagen hielt auf der Nationalstraße an. Die Scheinwerfer blinkten auf und ab. Billy blieb wie angeschraubt stehen.

«Willst du es mit dem Kunden da versuchen?» fragte Juliette.

Man hörte, wie der Kerl die Schritte zwischen Gras und Dornen wählte. Er näherte sich wie ein angriffslustiges Tier.

«Vielleicht ist es sogar Mimile, der Eber der Ardennen. Er ist nicht schlecht für den Anfang. Ein etwas einfacher Bursche, aber er hält, was er verspricht. Willst du dich an ihm versuchen?» fragte Julie La Fête noch mal.

Sie sah Peggy an und fand ihre Augen verändert. Verengt.

Dreckschleuder von Achère, die neben ihrem hingeschmissenen Drahtesel hockte, begann der Mund wäßrig zu werden. Von der zweistündigen Lauschoperation war sie ganz schön kaputt. Sie fühlte sich steif wie ein toter Ast. Trotz aller Willensanstrengung knackten ihre Gelenke. Das Geräusch ihres eingerasteten Meniskus wurde auf die Natur zurückgeführt. Sie seufzte auf.

Billy wollte gerade zuschlagen ... als Chapeau hinter den Felsen hervorkam. Die Haare voller Strohhalme kroch er aus der Krippe wie der heilige Josef. Er fuchtelte mit seinem Revolver.

«Allmächtiger, mein Mann!» brüllte Juliette und gab Fersengeld.

Im Kopf des kleinen Polizisten entstand eine kurzfristige Unentschlossenheit. Sollte er sich auf Peggy Spring stürzen oder sich sofort um seine Privatoperette kümmern. Die Eifersucht, dieser mächtige Stachel, piekte in Richtung Ehrenrettung.

Er lief seiner Frau und einem Mord aus Leidenschaft hinterher. Sie kamen so dicht an Clémentine vorbei, daß deren Fahrradklingel erbebte. Sie schätzte die Entfernung zwischen dem Jäger und seinem Opfer auf knapp dreißig Meter. Das hatte alles sie zustande gebracht. Sie setzte auf den furchterregend schnellen Clovis. Die anbrechende Nacht wurde dichter.

In den Tiefen ihrer Höhle fühlte sich Peggy Spring unfähig, einen Schritt zu tun, eine Entscheidung zu fällen. Doch sie hörte eine Stimme näher kommen. Eugène. Er war stinkbesoffen und donnerte:

«Julie! Ich bin es! Dein Schwertfisch! Dein dicker Barracuda!»

Unvermittelt tauchte er hinter Peggy Spring auf, umfing sie mit seinen mächtigen Armen und ließ seine Hände ungeniert spazierengehen. Eugène steckte sein Terrain begeistert und leidenschaftlich ab. Peggy Springs Rock hielt dieser Manneskraft nicht stand. Eugènes Finger umfingen die Beute:

«Ach du Scheiße! Eine Schwuchtel!» brüllte er in die Dunkelheit.

In genau diesem Moment trafen ihn blitzartig mehrere Faustschläge und entzündeten einen furchtbaren Schmerz in seinem Bauch. Da er viel getrunken hatte, drehte sich sein Magen um wie ein Tintenfischleib. Ihm kam alles hoch, und er aß das Menü rückwärts.

Unterdessen heulte Clovis seine berechtigte Wut laut hinaus und kämpfte gegen die Äste, die ihm in der Dunkelheit das Gesicht zerkratzten. Aus gutem Grund kannte Juliette das Labyrinth bestens. Es war ihr ein leichtes, ihn abzuhängen.

Der Inspektor beendete seine Verfolgungsjagd in einem unentwirrbaren Dornengestrüpp. Er konnte weder vor noch zurück. Um seine Ruhe wiederzugewinnen, schneuzte er sich.

Dreckschleuder von Achère konnte nicht mehr sehen. Sie schwang sich auf ihr Stahlroß und stieg bis zum Sozialturm energisch in die Eisen. Die so dynamisch versorgte Lampe beleuchtete die Straße weiter als sonst. Schnell nahm sie den Fahrstuhl. Raste in ihre Wohnung. Setzte sich an den Tisch und schrieb eine grobe erste Fassung ihres Kapitels. Ohne ihr Unding von Hut vom Kopf zu nehmen. Später würde sie das Geschriebene in ein Schulheft übertragen und mit der Post an Kommissar Bellanger schicken. (Den mochte sie gern.) Einige Auszüge würde sie natürlich auf den Fahrstuhlwänden veröffentlichen, damit auch das ganze Hochhaus etwas davon hatte. Sie hörte das Kreischen der Säge auf den Holzscheiten und erinnerte sich daran, daß sie Edouard etwas zu essen geben mußte. Doch der Schlaf übermannte sie. Sie gönnte sich ein Stündchen Schnarchen.

Inmitten der Dornenhecke unternahm Chapeau auf allen vieren langsame Schleichbewegungen. Als er unter den Zweigen durchschlüpfte, hatte er mehrmals Gelegenheit,

Hand auf die touristischen Exkremente – die Überreste des Nachmittags – zu legen. Endlich ließ der Horror nach. Gerade als er seinen Körper wieder in die Vertikale gebracht hatte, stieß er gegen eine menschliche Gestalt und fiel wieder um. Es war Eugène. Der Koloß war gerade zu sich gekommen. Chapeau zündete ein Streichholz an. Sie starrten sich dumpf an.

«Sind Sie das, Monsieur Chapeau?»

«Was tun Sie denn hier?»

«Nun, ich glaubte, Ihre Frau hier zu finden, und stieß auf ein Wesen ... männlichen Geschlechts ... Sie waren das doch wohl nicht, oder?»

Da blieb dem Streichholz die Flamme weg. In der Dunkelheit munterte dieser absurde Gedanke Eugène wieder auf. Er freute sich:

«Ach nee», sagte er lachend, «Sie waren das nicht. Ich hätte Sie wiedererkannt ... Es war Peggy Spring.»

Sofortiges Streichholzfeuer. Die Polizistenbirne wurde erleuchtet.

«Peggy Spring?»

«Peggy Spring. Die Hübsche ist ein Typ.»

Chapeau sprang auf seine niedlichen Treter.

«Wo ist sie? Großer Gott, wo ist sie?»

«Nach dahinten gelaufen. Ist noch nicht so lange her. Hätte nie gedacht, daß die vom anderen Ufer ist. Eine so gut gewachsene Person! In welcher Zeit leben wir nur?!»

... Chapeau war bereits gestartet wie eine Rakete.

Er kam an die Straße, lief bis zur Schenke, die gerade dicht machte.

«Haben Sie vielleicht eine ...»

«Ja ...», antwortete der Kneipier. «Die Freundin von Julie La Fête ... war sogar aufm Motorrad ... Richtung Paris gedonnert.»

«Paris, was?»

«Si, si. Die hatte vielleicht Feuer unterm Arsch ... Holen Sie bestimmt nicht ein ...»

Clovis bemerkte, daß er seine Mütze in den Händen zerknautschte. Hätte er eigentlich verlieren müssen. Normalerweise. Er drehte sie heftig mit ausgestreckten Armen herum, als sei sie ein Formel-1-Lenkrad, und brauste zu seiner Karre. Da drin war alles voller Antennen. Schnell gab er eine Nachricht an alle Gendarmerieposten durch.

Er nannte seine Position, seine Wellenlänge und fuhr auf die Hauptstadt los. Mit etwas Glück würden die Straßensperren in weniger als einer halben Stunde stehen. Billy mußte um jeden Preis vor Großparis abgefangen werden. Denn einmal da drin, sind die Verbrecher wie vom Erdboden verschluckt. Sie lösen sich auf wie Aspirin mit Vitamin C. Und danach ist Sense mit Verhaftungen.

Und Sense kam gar nicht in die Tüte. Chapeau wollte Billy, und er würde ihn kriegen.

Durch einen telepathischen Zufall, durch einen Lapsus, den er nicht analysierte, rief der Inspektor, als er mit zusammengebissenen Zähnen lenkte:

«Dir mach ich den Garaus, Klaus!»

35

Es ist sson ßiemlich sspät und sogar noch sspäter, als ich ßu Haus ankomme. Ich hab eigentlich erwartet, daß einer da ist. Bei Peggy oder, besser gesagt, bei Billy, sind die Ssotten dicht. Im Keller tut sich nichts. Hippo ist abwesend. Ed kann ich auch nicht finden. Nicht bei sich ßu Hause. Nicht auf der Terrasse. Keine Sspur. Keine Nachricht. Auch bei uns, bei Chapeau, ist alles verlassen.

Ich gehe wieder runter auf die Sstraße. Es ist dunkel, außer den Lampions. Ich setße mich am Rand des Bürgerssteigs auf meinen Arss. Und warte. Hab die kleine Flasse ßum Dingensen nicht aus der Hand gegeben. Werde ich ganß besstimmt bei meiner Großmutter-Omi benutßen, wenn sie versuchen sollte, mich nach Angoulême mitßussleppen. Sie ssteht auf Sserry. Läßt sich öfter mal die Hucke vollaufen. Werde ich ganß leicht dingensen können. In ihrem Alter – ßweiundachßig, dreiundachßig – ist das nicht sehr sslimm, und für mich wird es eine Erfahrung sein.

Wenn man von Großmutter-Omi sspricht, kommt sie gerennt. Gerade als ich an all das dachte – um mich über den Rest nicht aufregen ßu müssen –, wen sehe ich da? Die Omi. Friss vom Bahnhof Austerlitß angekarrt. Ein sswarßer Hut, ein wahrhaft unßersstörbares Möbel, auf dem Kopf und einen geflochtenen Koffer in der Hand. Auf der Brust hat sie ihre Diamantenbrosse, die mir so gut gefällt.

«Julie-Berthe, was tust du um diese Zeit hier draußen? Das sind mir ja schöne Sachen!»

«Ich ssnappe frisse Luft, und du kannst mir den Buckel runterrutssen!»

Man muß sofort fest ßusslagen. Vor allem auf die alten Ssachteln. Oh, sagt sie und sstellt ihren Vorkriegskoffer ab.

In diesem Augenblick, der eigentlich nicht ßu meinen Gunsten ausgefallen war, ereignen sich beraussende Dinge. Ich sstehe wirklich unter dem Ssutß der Patronen – wie man weiß, sind das meine Hausgötter.

Ein dickes Motorrad mit einem Blendsseinwerfer hält vor uns an und sspritßt uns voll Lärm. Billy! Er hat seinen Lederanßug an. Genau wie in der Gessichte. Ich bin nicht die Bohne ersstaunt.

Rataßong! Er braucht mir nicht noch ne Skißße ßu ßeichnen. Oder die Hand ausßusstrecken. Ich bin sofort hinter ihm auf dem Sitß. Gekidnappt! Ich bin gekidnappt! Superaffentittengeil! Ich krall mich fest. Seine Massine bläst mich nach hinten. Die Omi ist auf der Sstrecke geblieben. Hat keinen Mucks von sich gegeben. Am Ende der Sstraße haben wir sson ganß ssön aufgedreht, meine Herren. BRUM, BRRRUMMM! Wir ssmiegen uns an die Massine und ssießen auf den Marktplatß ßu.

Dort walßt gerade der Nationalfeiertag im Dreivierteltakt. 1, 2, 3, 1, 2, 3. Lampions und Volksmassen. Kleine Prolos, große Hugos. Menss, der Billy fährt echt ssnell! Es dröhnt so laut, daß man sein eigenes Wort nicht verssteht. Dabei möchte ich doch so gern das Neuste erfahren. Verbrechen, bist du getan? Julie sson über den Jordan?

Keine Sseit ßu fragen, keine Sseit, auch nur Dingens ßu sagen. Plötßlich ist die ganße Sstraße vor uns voll Gendarmen. Ich beuge mich vor und sehe eine beßahnte Sstraßenssperre. Die signalisieren mit Lichtern. Haben Waffen. Billy ßieht den Kopf ßwissen die Ssultern. Ich auch. Er bessleunigt. Die Gendarmen sspringen ßur Seite. Ich hab den Eindruck, das Motorrad wird gleich den Bordsstein ssrappen. Super. Echt super. Ein Geheule. Der Motor und die Sstimmen. Irgendwie eine Missung. Und hinter uns macht es Ratata-ratata, gerade als die ssütßende Nacht uns wieder umfängt. Ich höre ein Miauen. Und ßßßong-ßßßong uuuuh und dann plötßlich haut mir ein Hammer auf den Rücken. Heftig. Ein heftiger Sslag, meine Herren. Ich werde ßu Holß. Sstarr. Fühle nicht mehr, ob meine Hände Billy festhalten oder ob ich ihn losgelassen habe. Ich sehe den Boden in Sstreifen und die Bordssteinkante ringelt sich. Ein Sstrich, ein Punkt, ein Sstrich, ein dicker Punkt. Ich falle. Ich höre noch Leute laut ssreien, Oh machen, aufsstehen. Ich drehe mich weiter in der Luft. An einer immer näher kommenden Mauer sehe ich ein Plakat. Ich gleite weiter ab. Auf dem Plakat ssteht: Der Tag geht, Johnnie Walker kommt. Der Tag geht, Johnnie Walker kommt. Der Tag geht ... Im letßten Augenblick sspringen mir die Radfahrer aus dem Weg. Noch ein Wort gurgelt in meinem Mund. Blubb, blubb, blubb.

Und ich sage Dingens.

Ein Wort, das alles bedeutet. Das Mamma heißt, wenn man will. Dahinter ist gähnende Finsternis. Dahinter lohnt es sich nicht mehr. Da ist nichts. Dingens.

Billy wußte, er war verloren.

Er wußte, daß er jetzt auf den Tod lossteuerte. Mit knapper Not konnte er noch der nächsten Sperre entgehen. Alle Zufahrtsstraßen zur Wohnsiedlung schienen von den Bullen abgesperrt zu sein. Einen Augenblick lang hatte er erwogen, das kleine Mädchen gegen seine Freiheit auszutauschen. Jetzt blieb ihm nichts mehr. Nichts zur Verteidigung seines Lebens. Außer seinem Karabiner. Die *Buffalo Stand* schlummerte in den Tiefen ihrer Schutzhülle.

Er bog ab zu einem Baugelände. Blieb stehen. Dutzende von Scheinwerfern kamen in einem langen Konvoi auf ihn zu. Die C.R.S. Ein erhebender Anblick. Er im Dunkeln. Die unbeweglichen Sozialtürme in Festbeleuchtung und die um seinen Standort kreisenden Angreifer. Er schwang sich von seiner Maschine und montierte seinen Karabiner. Indessen stoppten die Polizeiwagen und drehten alle zusammen in einem gemeinsamen Manöver die Schnauzen hin zu Billys No Man's Land und schalteten die Scheinwerfer ein.

Er warf sich zu Boden.

In der schwarzen Lederkluft war er unsichtbar. Er hörte die Bosse herumbrüllen. Deutlich hörte er die Männer aus den Wagen springen und sich aufstellen. Er begann zu kriechen. So erreichte er ein halbzerstörtes Mäuerchen. Er befand sich in einem mit Ruinen übersäten Gemüsegarten. Die Überreste von Alcides Häuschen. Doch das wußte er nicht.

Gebückt lief er bis zu einem höheren Mauervorsprung und lud den Karabiner durch. Ihm fiel ein, daß er nicht in seinem jetzigen Zustand sterben wollte. Folglich schminkte er sich, so gut es ging, ab und hörte dabei auf das Trappeln der Kampfstiefel, das Geräusch der Helme, die gegen die Gewehrkolben schlugen. Er riß die falschen Wimpern ab und schmiß seinen BH feixend in den Orkus. Die Jahrmarktklänge wehten bis zu ihm hin. Er hatte Akkordeonmusik schon immer gehaßt.

Marcel, der kleine Marcel, König der Valse Musette zwischen Lauzerte und Saint-Pantaléon, ließ seine Arpeggien anschwellen, und sogleich suchten die Einwohner von Montcuq ihr Glück im Dreivierteltakt. Ein Takt für den Kavalier, der sein Stutenfüllen am Zügel führte, einer für seine Partnerin, deren Pferdeschwanz und Haxen nach hinten flogen, und einer für den Kerl, der sein Zaumzeug wieder fest im Griff hatte. Und so weiter: Walzer. Bellanger schwang seine Arme wie ein Lasso und spulte Gabrielle hin und her. Sie trug einen schwarzen BH unter einer weißen Bluse. *Nonchalance* und *8×4* dufteten um die Wette. Charles schwitzte vorne und Gabrielle hinten. Sie tanzten, bis sie nur noch ein einziger Geruch waren.

«Haben Sie Durst?» fragte der atemlose Kommissar.

«Doch ja. Ich habe vorhin zu Hause alles vorbereitet: die Gläschen meiner seligen Großmutter und daneben den Nußschnaps.»

«Das ist das erste Mal, daß Sie mich nach Hause mitnehmen, Gabrielle.»

Die Witwe Montauzin blühte unter der Haube ihrer schweren Haare zu Klatschmohn auf.

«... Sie werden sehen. Ich habe alles neu gestrichen; ich hoffe, es gefällt Ihnen.»

Sie überquerten den Platz mit den Arkaden und gingen in ein ziemlich herrschaftliches Haus hinein, das gut nach Bohnerwachs roch.

«Soll ich Pantoffeln überziehen?» fragte Bellanger, als er die doppelte Reihe Filzvierecke in der blitzenden Diele sah.

«Nein, nicht doch», verteidigte sich die schöne Dame, «heute ist ein besonderer Tag. Machen Sie es sich bequem.»

Sie holte den Pastis und eine Art Kuchen für feierliche Gelegenheiten. Der Blätterteig war zart wie Spinnweben:

«Zuerst breitet man ihn auf dem Tisch aus, dann über die Stühle ... das ganze Zimmer ist voll ...» erklärte sie, plötzlich redselig.

Sie nahmen kleine Schlückchen. Bissen ganz kleine Stückchen ab. Hielten inne. Die Schatten vertieften sich. Dann herrschte lastende Stille.

Ein Klingeln riß sie aus dieser Schwere.

Der kleine Sohn des Briefträgers. Schweißüberströmt. Er war überall herumgeradelt. Ein Telegramm.

«Für Sie, Herr Kommissar!»

Der Kleine schielte noch beim Weggehen auf die Kuchenkrümel.

Gabrielle wickelte sich angeblich wegen der Kälte und Feuchtigkeit in einen schwarzen Schal, den sie wie einen Schutzschild über ihre weiße Brust warf. Sie fühlte sich zusammengezogen, verschlossen und bleich wie eine Witwe, wie eine, die ihren Mann zum zweitenmal verloren hat.

Sie fand noch die Kraft zu sagen:

«Ich kann Telegramme nicht ausstehen.»

Fröstelnd ging sie in ihr Zimmer. Aus Diskretion. Bellanger blieb allein mit diesem blauen Papier zurück. Er wagte nicht, es zu öffnen. Ging im Halbdunkel zu Gabrielle. Sie sah ihn kommen. Er sah aus wie ein Gespenst. Sie setzte sich auf das Bett. Er ließ sich neben sie fallen. Er atmete ihren faden Geruch. Senkte seinen Blick in den ihren. Las dort das tonnenschwere Verlangen einer Frau nach langer Entbehrung. Sie stieß einen kurzen Seufzer, fast einen rauhen Schrei aus, warf ihn aufs Bett und küßte ihn lange. Sofort spürte er den irritierenden Kontakt mit ihrer frisch enthaarten Oberlippe. Er machte sich unsanft los. Erneutes Schweigen. Dann begann die Frau, lange im Dunkeln zu weinen.

«Du liebst mich nicht! Du liebst mich nicht!» wiederholte sie außer sich.

Er hätte sagen wollen: doch. Er hatte seine ungeschickten Hände weit von sich gestreckt. Wie zwei verletzte Krebse krochen sie über die weiße, mit Rosen verzierte Stickerei. Sie legten sich zum Sterben nieder, und das Ringbein des linken Krebses hatte sich in ein Loch geflüchtet. In den Spitzen vergraben, schien der Finger durch den blauen Fleck des Telegramms vom Handteller abgeschnitten zu sein.

Draußen gingen die Knaller und Feuerwerkskörper und das allgemeine Geschrei los.

Schließlich sagte Gabrielle Montauzin:

«Bei dem ganzen Lärm hätten wir gar nicht gekonnt.»

Und Charles wiederholte:

«Ja, bei dem ganzen Lärm hätten wir gar nicht gekonnt.»

Er öffnete das Telegramm.

«Wenn du willst, können wir noch ausgehen», sagte die Witwe. «Ich will mich amüsieren. Noch mehr tanzen.»

«Nein», murmelte Bellanger. «Ich nehme den nächsten Zug. Michel liegt im Sterben. ‹Sie› haben ihn mir niedergeknüppelt.»

36

C.D.V. Chapeau stellte seinen *504* ganz dicht neben den Jeep des Gendarmeriekapitäns. Gekonnt sprang er unmittelbar nach dem Krackkk der Handbremse aus seinem Wagen. Er kletterte auf einen passenden Stein, um größer zu wirken, betrachtete den Offizier von oben bis unten und deklinierte Rang, Namen und Funktion. Nunmehr kam es ihm darauf an, die Zügel wieder in die Hand zu nehmen. Clovis hätte um nichts in der Welt seinen Platz aufgegeben, nicht einmal mit dem heiligen polnischen Globetrottel hätte er getauscht. Er wollte alles auf seine schmächtigen Schultern nehmen, an den Steuerhebeln stehen, mit Volldampf Billys Verhaftung fahren. Er wünschte sich ebenfalls, daß diese Episode seines Polizeilebens zur Legende würde. Energisch stellte er einen Generalstab zusammen.

Er rief den Untersuchungsrichter an und ließ sich Vollmachten geben. Umgehend schickte er einen seiner Bullen die Presse verständigen. Diesem blauberockten Mann genügten einige wohlabgewogene Sätze, und die Meute war los.

«Hallo? Killt am Sonntag? Wir haben Billy-ze-Kick.» Bei dem Gedanken an ein Wounded Knee inmitten der Nationalfeiertagsknallerei reagierten die Journalisten auf der Stelle. Darüber hinaus war man ja bei 30 Kilometern vor Paris sofort vor Ort. Keine hohen Reisekosten, keine Übernachtungsgelder, ein Glücksfall für die Redakteure. Dann auch noch im Rahmen einer Sozialbunkersiedlung. Kurz, es war ein gefundenes Fressen.

Das Fernsehen schickte zwei Übertragungsbusse. Wenn das Ereignis live gesendet werden könnte – das wäre doch eine nette Abwechslung. Vor dem Hintergrund der Währungskrisen, der Aufwertung der DM, der Tohus und Bohus des Dollar und der sozialen Unruhen – das wäre doch ein hervorragendes Abstellgleis, um dort der Öffentlichkeit Sand in die Augen zu streuen.

Der Innenminister, den der Geheimdienst diskret kontaktiert hatte, klirrte zufrieden mit den Handschellen.

Kurz und gut, Chapeau dirigierte sehr bald ein riesiges Fernsehliveprogramm. Er würde gleich vor Millionen Augen die spektakuläre Verhaftung vornehmen, die den arg zerfledderten Ruf der Polizei wieder zusammenflicken sollte.

Am Vorabend hatte es einen bösen Zwischenfall gegeben. Ein nicht gerade ehrenvolles Scharmützel. Eine rechtsradikale Liga hatte ein Meeting in der Mutualité abgehalten. Verstehen wir uns recht, was dieses Meeting betrifft. Es war Kotz Würg. Faschistisch eben. Schluß mit der illegalen Einwanderung der Gastarbeiter! Selbstverständlich hatten die Organisatoren sofort alle benötigten Genehmigungen erhalten.

Nun, die Linksradikalen hatten reagiert. No question, das wollte ja auch ein jeder. Die Polizei war dann natürlich gegen die linken ‹Gegendemonstranten› vorgerückt und hatte die Faschisten geschützt. Bravo, bravo, bravo!

So war Bellangers Sohn, Michel mit Vornamen, vermöbelt worden. Durch den Wolf gedreht, krumm und lahm geprügelt, fast allegemacht, der Sohn des Kommissars! Linksradikaler. Hätte da halt nicht hingehen sollen. Im Nachtzug ging das alles Bellanger im Kopf herum. Er war sich nicht ganz sicher, ob er die richtige Seite der Barrikade gewählt hatte.

William Woolf hatte Durst.

Er kroch vier oder fünf Meter weiter und stieß zufällig auf einen dreibeinigen Gartensprenkler, der wohl zum Wässern der Beete benutzt worden war. Er folgte dem Schlauch und gelangte an den Wasserhahn. Versuchte das Zwischenstück abzuschrauben, was er aber nicht schaffte. Völlig verrostet. Er drehte den Hahn auf und hörte das Wasser durch das Gummi laufen. Der Drehsprenkler bewegte sich etwa zwanzig Meter entfernt. Bei jeder Runde bekam er eine frische Brise ab.

Er kroch wieder zurück und erreichte leicht benetzt den Sprenkler. Beim Ruhigstellen der Drehmechanik hatte er Probleme. Gierig führte er seinen Mund an die sprudelnde

Quelle. Nahm große Schlucke. Es fiel ihm schwer, den Strahl zu brechen. Das eiskalte Wasser rann ihm die Kehle hinunter.

Plötzlich strahlten gebündelte Scheinwerfer auf. Sie waren sehr hell und blendeten. Er schmiß sich zu Boden und löste den Sprenkler, der seine Runden wieder aufnahm. Das grell beleuchtete Wasser schimmerte weiß. Stimmen hallten gegen die Mauer des rumpflosen Häuschens, das den Klang wie eine baskische Pelota-Wand seltsam verstärkt zurückwarf.

«Er ist da! Er ist da!»

«Da!»

«Wo?»

«Da hinten, sehen Sie!»

Erst in diesem Moment hörte William Woolf das Raunen. Das Wogen der Stimmen. Als er vorsichtig den Kopf hob, sah er die Menge im Gegenlicht. Sie waren gekommen, um ihren Anteil an der Jagdbeute zu kassieren: 300, 500 Leute, vom Gedanken an ein Blutbad angelockt. Vielleicht waren es auch mehr. Sie knurrten dumpf. Er drehte sich um. Auf einen Rundblick sah er, daß er mitten in einem weiten, von Scheinwerfern umstellten Viereck war. Wie im Zentrum einer Arena. Auf dem Sägemehl einer Zirkuspiste. Nacheinander spürte er: sein Herz, das gegen den Rippenkäfig schlug, das Sprenklerwasser, das ihn durchweichte, seinen Durst, der noch nicht gestillt war. Trinken. Zuallererst trinken.

Er stürzte sich auf den Apparat. Stoppte die Drehvorrichtung. Schluckte Wasser, bis er überlief. Wie ein Tier.

Währenddessen schallte Chapeaus Stimme (er erkannte sie wieder) verzerrt durch ein Megaphon bis zu ihm.

«Billy-ze-Kick. Ergeben Sie sich! Ergeben Sie sich! Sie sind umstellt. Es ist vorbei! Stehen Sie auf! Stehen Sie auf! Zeigen Sie sich!»

Er trank.

«Heben Sie die Hände hoch!»

Er trank.

«Kommen Sie langsam auf mich zu!»

Er hatte keinen Durst mehr.

Warf sich wieder zu Boden. Lief gebückt. Schnappte sich seinen Karabiner, den er beim Wasserhahn hatte liegen lassen. Dann preschte er schnell weiter vor. Im Zickzack. Er suchte Deckung in den Ruinen des Häuschens. Kauerte sich hinter die Giebelwand.

Ein mobiler Scheinwerfer begann das unebene Gelände abzusuchen. Das streifende Licht verstärkte die Kuppen. Er sah das Lichtbündel über sich hinwegschweifen. Dann, als der Scheinwerfer sich wieder auf ihn zubewegte, schulterte er und gab Feuer.

Die Lampe zersplitterte. Zuerst ein Schweigen, dann miaute sofort danach ein Kugelhagel aus einer automatischen Waffe gegen die Steine. Er drückte sich in seinem Loch zusammen.

Eine seltsame Ruhe war über ihn gekommen. Die Menge war verstummt. Am Himmel standen Sterne. In der Ferne wurde weitergefeiert. Er glaubte sogar, das dumpfe Knallen der Autoscooter zu hören. Einige Schritte von ihm entfernt erfrischte Alcides Sprenkler die Erde. Es war eine laue Sommernacht.

37

Hippo sah den Leuten beim Tanzen zu.

Die Nacht und die Lampions vergröberten ihre Gesichter. Das Licht modellierte ihnen lachende oder erschöpfte Masken. Die Paare verschwendeten Schweiß, literweise Sauerstoff und Urin, um dem Vergnügen zu frönen. Die

Hunde, die man nicht angekettet hatte, damit sie das Haus bewachten, verstanden die Welt nicht mehr und irrten unter den Girlanden herum. Die Alten drehten drei kleine Walzerrunden und fielen in ihre Korbstühle zurück. Das Akkordeon und die Knallfrösche hielten sich eng umschlungen. In den dunklen Winkeln quetschten die Kerle die Mädchen gegen die Linden. Sie hangelten sich an ihren Strumpfbändern hinauf. An den Straßenecken ging es hoch her.

Hippo gehörte nicht dazu. Weder zum Fest noch zur Gesellschaft. Morgen würde er nicht zur Arbeit gehen. Nicht durch ein Fabriktor fahren. Nicht am Viertaktgestotter der morgendlichen Kolonnenspringer teilnehmen. Nicht das Metallgitter vor einem Schaufenster hochziehen. Niemanden hinter seinem Schreibtisch empfangen.

Er stand außen vor.

Drei Bälle klapperte er ab. Kam zu einem riesigen Platz. Die bunten Glühbirnen verzerrten die Fassaden und hinderten ihn daran, die Kreuzung wieder zu erreichen. Es gab eine Terrasse und Blumen. Ein Polizeifahrzeug parkte vor einem Café. Eine Ambulanz ließ ihr zweiseitiges Licht kreisen. Rundherum stierten die Gaffer. Der Auflauf stand mit dem Rücken zu einem Gendarmen, der den Verkehr durch Trillerpfiffe regelte.

Hippo beschleunigte seine Schritte.

Er spürte deutlich, daß er sich durch die Menge drücken mußte. Daß die Sache ihn betraf. Daß er bis zur ersten Reihe vorstoßen mußte. Das wurde zunehmend schwieriger. Hippo schob Hüften beiseite, fing Ellbogen auf und drückte Schultern weg. Seine Brille rutschte die Nase hinab.

Er konnte sich dann doch durch die erste Zuschauerreihe pressen. Eine Lichtpfütze erhellte die Bühne. Ein Gendarm in Sommeruniform maß mit einem zusammenklappbaren Zollstock den Boden ab. Er hatte mit Kreide einen Körperumriß auf den Asphalt gezeichnet. Die Skizze eines kleinen Wesens. Man hätte schwören mögen, der Ordnungshüter habe eine Kirmespuppe als Modell genommen. Als habe er sich bemüht, ein naives Bild zustande zu bringen. Durch feine Einzelheiten hatte er den Kopfumfang lebensnah dargestellt. Das Original hatte Zöpfe, daran konnte kein Zweifel bestehen.

Hippo spürte die Luft in seinem Magen gurgeln. Ihm war sterbensheiß. Auf der Kneipenterrasse waren die Leute auf den besten Plätzen sitzen geblieben. Sie klingelten mit den Eiswürfeln in ihren Pernods und beobachteten die Akteure.

«Ich habe von hier aus alles gesehen, wie man sich vorstellen kann», erklärte wichtigtuerisch eine dicke Dame mit Pfauenfedernhut ...

«Es war furchtbar! Furchtbar, das können Sie sich gar nicht vorstellen», fügte sie hinzu, ihrer Wirkung auf die unmittelbaren Nachbarn sicher.

Hippo sah sich noch einmal den Umriß auf der Straße an. Die Arme waren ausgebreitet. Die Beine lagen seltsamerweise über Kreuz. Etwas Blut sickerte in Richtung Rinnstein, wo es gerann – und kugelbunte Papierstückchen zu Boden drückte. Papier, in das normalerweise Bonbons, Lutscher, Drops eingewickelt sind.

Der Gendarm erhob sich schwerfällig.

Er trug die Miene eines Trauernden. Legte seine Hand auf die Nierenpartie. Sagte etwas zu seinem Kollegen über seinen Ischiasnerv und den Indochinakrieg. Sie traten in ihren Kampfstiefeln auf der Stelle – und fühlten sich unbehaglich, das sah man ihren hängenden Schnurrbärten an.

Eine zierliche schwarzgekleidete Dame stieß Hippo schonungslos beiseite. Sie trug einen Schleier. Sowie eine Diamantenbrosche. War gekleidet, als ginge sie zu einem Begräbnis. Trug einen geflochtenen Koffer. Er glaubte sie zu erkennen, als sie mit fordernder Stimme japste:

«Ein Telefon! Wo gibt es hier ein Telefon! Ich muß in Angoulême anrufen!»

Der Kellner schickte sie ins Hinterzimmer. «Immer geradeaus, Madame, und hinter dem Billardtisch links!»

Voller Stolz über seine lakonische Antwort ging er auf die Terrasse hinaus. Ein selbstzufriedener Ausdruck umspielte seine Nase. Er beugte sich über den Bordstein. In einem mitgebrachten Eimer schwamm ein Feudel unbestimmter Form. Er war bereit, das Blut wegzuwischen und von vorn anzufangen.

Zwei Krankenpfleger traten aus dem Schatten eines Hauseingangs. Sie trugen eine Bahre. Die Gaffer glotzten. Hippo schob seine Brille bis dicht an die Augen. Er hatte soeben Julie-Berthe erkannt.

Eine Decke war über sie ausgebreitet. Sie war weiß wie Zucker.

«Da ist sie, die Ärmste», schluchzte die Pfauenfedernfrau. Und da bewegte sie sich doch.

Hippo stürzte hin. Er beugte sich über das Gesicht des kleinen Mädchens. Sie öffnete die Augen, ihre Porzellanaugen. Erkannte ihn. Sagte schwach:

«Ich bin gedingenst, Hippo. Der Hammersslag war ßu heftig ...»

Sie war ruhig oder schwach. Dann murmelte sie noch:

«Ich werde auf einen Baum klettern. Du mußt ssnell nachkommen. Ich warte auf dich. Vorher mußt du noch alles tun, was du mir verssprochen hast. Komm ssnell ßum Baum ... komm, auch wenn ich böse, nasshaft und egoistiss war. Und alles, und alles.»

Es gab ein Gedränge.

Die kleine Dame in Schwarz war wieder aufgetaucht. Sie nahm die Hand des Mädchens, als sei sie ihr Eigentum. Ließ sie nicht mehr los. Zwei dicke Tränen perlten in ihren Augenwinkeln.

«Großmutter-Omi, du bist da ... Ich will nicht nach Angoulême ... ich will nicht nach Angoulême ... Wenn du mich mitnimmst, ssreie ich ... ich werde dir Gift ins Bad ssütten ... ich werde dich dingensen ... ich will da nicht hin ...»

All diese Sätze wurden von der Ambulanz davongetragen. Die Menge bildete wieder einen Kreis. Die Leute sahen sich an. Nichts mehr unter die Kiemen zu reißen. Sie sahen aus wie Fische, denen man ein Glas Schlamm weggenommen hat.

Das Wasser, das der Kellner in den Rinnstein kippen wollte, landete zuerst auf Hippos Knöcheln. Der Schizo sah zu, wie der rosarote Bach sich zwischen seinen Beinen hindurch bis zum Abfluß schlängelte, und fing an zu weinen.

Irgendwo rief ein Hornochse:

«Wir machen durch bis morgen früh ...»

Eine Schnur fing Feuer und ließ wie beim Dünnschiß eine Perlenkette zorniger Knaller fahren. Von der Terrasse erscholl hysterisches Gelächter. Die vom Warten eingerosteten Autos fuhren hupend los. Eine anonyme Hand stellte die Musikanlage lauter.

Yvette Horner drückte ihre Quetschkommode mit Schmackes und legte mit ‹Die Welt ist schön, Mylord› los.

Es war zwei Uhr morgens.

Madame Achère war ehrlich erstaunt, als die Fahrstuhltür aufglitt. Sie saß auf dem Notsitz und beendete das knisterndste Kapitel ihrer Karriere. Ein zusammenfassender Bericht des Abends. Kurz zuvor hatte sie ihren Bleistift gespitzt. Hatte noch den Schoß voller Späne.

Eugène blieb wie angewurzelt stehen, er schwankte von den Fußspitzen bis zur Hacke und zurück. In der Hand hielt er einen kahlgerupften Fasan. Er war voll wie ein Tankwagen.

«Wo ist mein Junge?» rülpste er.

«Sie haben Alkohol zu sich genommen, Eugène.»

«Ich habe meine kleinen Schwächen, Achère. Der Mensch ist schwach.»

«Die Kolosse stehen auf tönernen Füßen, ich hab's gewußt», sagte die Dreckschleuder von Achère, schnell wieder obenauf.

«Wo ist Edouard? Ohne ihn bin ich im Eimer. Dieses Kind ist meine Ferse ...»

«Es ist auch eine kleine Drecksgöre! Ein Dieb! Ein Schlüssellochgucker auf Personen gewissen Geschlechts und Alters!»

«Drücken Sie sich deutlich aus, Sie altes Maultier, oder ich häng sie an den Daumen auf!»

Eugène hätte das echt gebracht. Clémentine verlor den Kopf:

«Er hat Dummheiten gemacht. Ich schwöre es. Ich hab's gesehen. Da steht alles drauf!»

Sie zeigte auf die Fahrstuhlwand, die wie ein Wahlplakat von Großbuchstaben schwarz übersät war.

Eugène bückte sich, um das Gekritzel zu entziffern. Er war im Pyjama. Die Hosen waren nicht ganz luftdicht verschlossen. Wider Willen linste die Obersau von Achère durch die von einem Gummi schlecht zusammengehaltene Ritze.

Was sie sah, war beeindruckender als alles, was sie sich bisher ausgemalt hatte.

Eugène richtete sich auf.

Er legte sein Gemächt auf den Notsitz. Trunken vor blinder Wut leistete er sich die Ausschweifung, ihr nichts zu verbergen.

«Und jetzt geben Sie mir meinen Kleinen zurück!» trompetete der Alkoholexperte.

Paris war menschenleer.

Bellanger fand mühelos ein Taxi. Er gab die Adresse des Krankenhauses an. Hatte die ganze Zeit an Michel gedacht. Warf sich vor, ihn zu oft sich selbst überlassen zu haben.

Der Taxifahrer war ein dicker Mann mit einem gebräunten Stiernacken, den drei tiefe Furchen durchzogen. Sein Radio dudelte volle Pulle. Bellanger wollte ihn gerade bitten, es leiser zu stellen, als durch die Erkennungsmelodie von *Europe No 1* ein aktueller Nachrichtenflash angekündigt wurde.

«Hallo, Europe? Ist dort das Studio? Hören Sie mich?» krächzte eine Stimme, die ständig unterbrochen wurde.

«Ich höre Sie, Georges. Ich höre Sie ...»

«Wir melden uns, da es jetzt hier etwas Neues gibt ...»

«Natürlich! Natürlich! Sie können so oft und so lang Sie wollen auf Sendung gehen ... Ich erinnere Sie daran, liebe Hörer, die Sie unsere Sendung später eingeschaltet haben, daß wir live – ich wiederhole, live – vom Ort der Tragödie berichten, die sich in diesem Augenblick etwa dreißig Kilometer vor Paris in einer Sozialwohnungssiedlung abspielt ... Wir sind live dabei, Sie sind live dabei und erleben dank unserer Korrespondenten den bewunderungswürdigen Kampf der Ordnungskräfte unter Führung von Polizeioffizier Roger Chapeau gegen jenen Verbrecher, der seit 48 Stunden dreimal zugeschlagen und sehr junge Frauen umgebracht hat im Einzugsgebiet der Cité des Oiseaux. Ich spreche von Billy-ze-Kick.

Wer verbirgt sich hinter diesem lächerlichen Pseudonym, das direkt aus einem Western für Kinder zu stammen scheint? Ist es ein Verrückter? Seine Morde sind in der Tat seltsam. Sind sie das Werk eines Psychopathen im Sexualrausch? Wenn der Fall gelöst ist, werden wir auf all diese Fragen eingehen können. Im Augenblick stecken wir mitten im Geschehen, die Spannung steigt – das aufreizende, entnervende Warten vor dem Finale hat begonnen ... Wir schalten also wieder um zu unserem Korrespondenten Georges Lebrun und seiner Mannschaft, die Sie Minute für Minute an den Einzelheiten dieser Tragödie teilnehmen lassen ... Hallo, Georges? Hallo, Georges, hören Sie mich? Sprechen Sie!»

«Ja, Paul ... (blobb, blobb, kratz, fiep) ... Sie haben von Spannung gesprochen (röchel, ziiiiirp), von Nervenkitzel (huuuuuu, piuuuuu, haha, kratz, kratz) ... und Sie haben recht. Hallo, hören Sie mich (blobb, kratz, huuuu)?»

«Ich höre, ich höre sehr gut ...»

«Gut, denn wir hören uns hier nicht ... Also, hier – hinter uns ist es Nacht und der Nationalfeiertag läuft auf vollen Touren. Eine fröhliche und herzlose Menge kleiner Leute tanzt, singt und lacht. Hier geht es hoch her. Man amüsiert sich und gibt sich unter den traditionellen Lampions dem Walzer hin. Von Zeit zu Zeit kommen dann diese jungen und weniger jungen Paare wie bei den ‹24 Stunden von Le Mans› hier vorbei und gönnen sich ‹eine Runde Billy›. So nennen sie es ... Besser gesagt, sie informieren sich über den neuesten Stand ... Im Lauf der verrinnenden Stunden braut sich eine seltsame atemlose Spannung zusammen – der Ausdruck ist keineswegs zu stark. Von Zeit zu Zeit feuert der Mörder, der sich pausenlos im Schutz der Ruinen des Hauses Prébois bewegt, einen oder mehrere Schüsse in unsere Richtung ab. Er zielt haargenau. Zu Beginn der Nacht hat er, wie ich Ihnen in Erinnerung rufen darf, zwei Polizisten verletzt. Die Ordnungskräfte haben mehrmals zurückgeschlagen.

Zwei Taktiken prallen hier aufeinander: die eine, vertreten von dem Gendarmerieoffizier Morlong, spricht sich für einen geballten, gewaltsamen Angriff aus. Spezialeinheiten sind hier eingetroffen, die für so ein dickes Ding ausgerüstet sind. Kugelsichere Westen, Helme. Auf den Gesichtern dieser Männer kann man grenzenlose Energie lesen. Man wartet hier noch auf das Eintreffen der Scharfschützen. Die zweite Taktik, die beliebter, ansprechender – und auch menschlicher – ist, wird von Inspektor Chapeau vertreten. Dieser mutige Mann hat sich nämlich erboten, dem tollwütigen Killer allein entgegenzutreten. Das schüchterne Äußere, das ernste Gesicht dieses eigenwilligen Polizisten verbergen einen gestählten Charakter. Mit seinen 38 Jahren ist Roger Chapeau ein vorbildlicher Polizist. Ein Beispiel für alle anderen. Ich erinnere Sie daran, daß er es war, der seit 48 Stunden dem Killer auf den Fersen ist. Er macht diese Verhaftung zu seiner persönlichen Angelegenheit ... Aus gut unterrichteter Quelle erfahren wir, daß Roger Chapeau im Laufe der Nacht versuchen könnte, Billy unbewaffnet entgegenzutreten und ihm gut zuzureden ... Ich werde mich jedenfalls ganz sicher wieder einschalten, falls es etwas Neues gibt ...»

Bellanger war sprachlos. Er hörte nicht einmal den Taxifahrer:

«Was'n Aufstand! Na ja, es lenkt ab. Wenn so etwas los ist, kommen uns die Dienststunden kürzer vor. Gut, also da wären wir. Hôtel-Dieu! Alles aussteigen!»

Der DS hielt am Bürgersteig an.

«10,80», sagte der Fahrer, ohne sich umzudrehen.

Als er keine Antwort bekam, streckte er seine dicke Pfote nach hinten.

«10,80 ohne Trinkgeld», betonte er.

Als das Geld nicht rüberkam:

«Sagen wir mal runde 15 Francs», erhöhte er und wandte sich zu seinem provinziellen Fahrgast.

Schöne Überraschung. Er sah eine Bullenmarke unter seinen Augen glitzern. Bellanger guckte verstört.

«Scheiße!» sagte der Fahrer ... «Sie sind von der Polente! Hätte ich nicht gedacht. So sehen Sie eigentlich nicht aus!»

«Ich beschlagnahme Sie! Zur Cité des Oiseaux, so schnell wie möglich! Fahren Sie bei Rot durch!»

«Regen Sie sich nicht auf ... eigentlich paßt mir das gut, komm ich auch mal raus. Und seh das Schauspiel aus der ersten Reihe.»

Er brauste los.

An der ersten Kreuzung stand die Ampel auf Rot.

Anstandshalber fragte er:

«Also? Durchfahren?»

Er fuhr durch.

38

Klammheimlich stahl sich Chapeau zu seinem Wagen. Holte die Einlagen unter dem Sitz hervor und legte sie in seine Schuhe. Um sechs Zentimeter gewachsen, trat er zurück in den Lichtkreis. Er machte offizielle Miene zum schönen Spiel. Über einen Bullen ließ er die Journalisten wissen, er werde jetzt eine kurze Erklärung abgeben. Was für ein himmlisches Gerangel zu seinen Füßen. (Er war auf die Motorhaube eines Jeep gestiegen.) Er dachte an Humphrey – an seine glühendschwarzen Augen, seinen Totenkopf, seinen Glimmstengel und seinen Filzhut – und sagte mit rauher, konzentrierter Stimme:

«Ich bin ehrlich davon überzeugt, daß ich der einzige bin, der mit ihm reden kann. Ich bin kein Held. Doch ich werde zu diesem Tollwütigen hingehen und versuchen, ihn zur Vernunft zu bringen ...» (Den Filzhut nach hinten schieben. Den erloschenen Glimmstengel mit der Zigarette des Nachbarn anzünden. Diese nämliche Fluppe wie selbstverständlich, ohne zu fragen, nehmen, die eigene Zigarette anzünden, die andere zurückgeben, ohne den Besitzer anzusehen – all diese sorgfältig einstudierten Gesten bekamen endlich ihren Sinn.)

«... Wie Sie wissen, meine Damen und Herren, habe ich einen weiteren Grund, diese Herausforderung anzunehmen. Meine eigene siebenjährige Tochter wurde von einer Kugel getroffen, als Billy sie zu entführen versuchte. Ich muß diesen Mann sprechen. Das ist alles. Ich will, daß das Blutvergießen aufhört. Ich werde aufs Ganze gehen. Sie sind meine Zeugen ...»

Die Blitzlichter zischten. Er warf sich in Positur. Zeigte sich von der besten Seite. Dann sprang er vom Wagen. Schnallte den Gürtel enger. Er hatte alles vergessen: seinen Schnupfen, sein Unglück, seine Körpergröße. Er sah die Scheinwerfer aufleuchten. Die Kameramänner ihre Kopfhörer aufsetzen. Hörte die Kommentatoren auf Sendung gehen. Er konnte losmarschieren. In einer Hand den Revolver, in der anderen das Megaphon, begann er wie ein Seiltänzer seinen gefährlichen Gang zum Mittelpunkt der Arena.

Zitieren wir hier noch einmal Georges Lebrun:

«Verehrte Hörer, hier ist eine tiefe Stille über die Menschen gekommen. Inspektor Chapeau erinnert an jene Artisten, die in schwindelnder Höhe die Zirkuskuppel durchqueren ... Mit leicht abgespreizten Armen, zerbrechlich, verwundbar tritt er in die Zone des Schattens ...»

Billy Woolf verfolgte das Vordringen des kleinen Polizisten.

Gleichzeitig bewegte er sich unmerklich auf den unzerstörten Kern des Häuschens zu. Auch er hatte ein bißchen den Eindruck, im Kino zu sitzen. Neben sich zu stehen.

Er wagte nicht zu schießen. Dabei wäre es einfach gewesen. Um es sich zu beweisen, zeichnete er mit seinem Zielfernrohr ein Kreuz auf die Umrisse des Bullen. Sobald er diesen Hampelmann umnietete, würden die anderen sich auf ihn stürzen. Sein Finger war am Abzug. Diese Bewegung, die alles auslösen konnte, jagte ihm fast Angst ein.

Der Hahn reagierte auch auf einen sehr leichten Druck. Eine falsche Bewegung, und der Schuß ging los. Er hob den Zeigefinger weg. Legte ihn auf den Abzugsbügel der *Buffalo*. Im Zielfernrohr wurde Chapeau immer größer.

Clovis blieb stehen.

Unvorhergesehenerweise plagte ihn sein Schnupfen. Er nieste mehrmals. Konnte sich nicht zurückhalten. Das war völlig anti-tragisch. Anti-Klimax. Zudem konnte er nicht leise niesen. Er machte diesen schlechten Eindruck wieder wett, indem er das Megaphon anhob:

«Billy!»

Seine Stimme dröhnte.

«Billy! Ich bin es, Chapeau! Ich komme zu Ihnen. Will mit Ihnen reden. Nur reden … Ich bin unbewaffnet. Habe nur diesen Revolver … Passen Sie auf! Sehen Sie! Ich werfe ihn weg.»

Er sagte sich, daß er mit dieser öffentlichen Geste, diesem Beweis seiner Kühnheit, zumindest die Ehrenlegion errungen hatte. Schluß mit der Zitterpartie.

Er ging beherzt wieder los. Mit dem Schritt des Dompteurs, der den Käfig betritt. Der Gedanke an die surrenden Kameras, an die Millionen von Fernsehzuschauern, die die Show in den Nachrichten verfolgten, hielt ihn aufrecht. Er sah sich mit bloßem Auge wachsen. Er preschte vor.

Billy zog sich zurück. Stieg eine Treppe hinunter, die zu einem Kellereingang führte. Hockte sich auf die unterste Stufe. Jetzt hörte er die Steine unter den Schuhen des Inspektors knirschen.

Clovis ging weiter. Seine Nase lief.

Billy wich noch etwas zurück und tastete mit dem Becken die Kellertür hinter sich ab. Sie war halb offen. Er stolperte rückwärts hinein. Hörte deutlich, wie Chapeau die oberen Treppenstufen hinunterkam.

Im tintendicken Dunkel schnüffelte Clovis.

In diesem Augenblick erreichte Kommissar Bellanger den Ort des Geschehens. Er sprang aus der Taxe. Zeigte seine Kennmarke. Rannte bis zur ersten Reihe.

«Chapeau?» fragte er den Gendarmerieoffizier.

«Da hinten», zeigte der Gendarm, der durch ein Fernglas sah.

Und zuckte die Schultern.

«So ein Idiot», sagte Bellanger und putzte seine Brillengläser.

«Sie wollen doch wohl sagen, ein Held», japste eine Frau zu seiner Rechten und stellte sich mit Kopfstimme vor:

«Irene Buck von der *Libé*. Machen Sie Platz!»

Clovis, wie der stolze Franke, legte sein Megaphon nieder. Er fühlte sich tonnenschwer. Zog sein Taschentuch heraus und reinigte seine Nasenkanäle. Er räusperte sich und hörte sich erstaunt einen Frauennamen flüstern:

«Peggy, Peggy, sind Sie da?»

Einige Schritte weiter zog William eine merkwürdige Grimasse. Er zog sich weiter zurück, drang in die engen Eingeweide des Kellers.

«Los, Peggy, stellen Sie sich nicht so an ...», sagte Vergil. Wie der große Dichter, und fröstelte, so allein in der Dunkelheit. Er stieg weitere zwei Stufen hinunter. Billy tastete sich mehr nach hinten. Er sagte sich, mit etwas Glück werde er Chapeau überrumpeln und als Geisel benutzen können.

Désiré, wie sein stolzer Vater, flüsterte erneut:

«Peggy – errr, Billy – wenn du dich festnehmen läßt, wird es mildernde Umstände ...»

Die Umstände sind so, wie sie sind. Es stand geschrieben, daß diese hier nur erschwerend sein konnten. Beim Zurückweichen stolperte Billy über einen quer durch das Gewölbe gespannten Draht.

Sofort schien sich die Erde unter dem Ruck eines titanischen Vulkans aufzutun. Eine Eruption aus Gestein, Ziegeln, Beaujolais-Flaschen, Munitionskisten und alten Schnapsfässern machte sich von unten nach oben auf den Weg. Die Detonationswelle drängte die Zuschauermenge ab. Der Himmel wurde rot. Alles schien auseinanderzufallen. Aus einem Profi-Reflex heraus korrigierten die Kameramänner die Einstellung. Ade Billy, Ade Clovis Vergil Désiré und Chapeau, Monsieur Chapeau.

Alcides dritte Falle war soeben zugeschnappt. Bilanz: zwei weitere Tote zu beweinen.

«Fünf! ... Fünf Tote, sagen Sie ... und sechs Verletzte. Wenn man die Opfer der anderen Explosionen mitrechnet. Ohne die drei ermordeten Frauen, einen Selbstgemordeten und ein kleines, kaum noch atmendes Mädchen zu zählen. Das ist, das ist immerhin eine ganze Menge», seufzte der Wachtmeister, als er morgens seinen Dienst im Kommissariat antrat.

«Ja», gab Bellanger zu. «Aber, mein Lieber, man muß doch auch mal seinen Urlaub nehmen.»

Dann diskutierten sie über die Staffelung der Urlaubszeiten.

Epilog

Im Herzen der Sozialbunkerstadt trippelte Juliette, auf Witwe Chapeau zurechtgemacht, mit kleinen Schwebeschritten aus der Betonkirche. Sie war in Tränen aufgelöst und drückte Kommissar Bellangers Arm. Plötzlich knallte ein Schuß, nicht heftiger als ein klappernder Fensterladen. Tauben flogen auf. Die Witwe hielt inne, als übermanne sie eine erdrückende Erschöpfung.

Sie versteifte sich wie eine Puppe und schien in der Mitte durchzubrechen. Rollte drei Stufen hinunter und stoppte elegant. Ein Windstoß fegte ihren Schleier herunter und vergitterte ihr schönes Gesicht. Ein roter Fleck breitete sich auf ihrer Brust aus. Blut. Knallrotes und eher heiter wirkendes Blut.

Als er sah, daß sie tot war, begann Kommissar Bellanger zu laufen, ohne genau zu wissen, wohin. Wie ein Huhn, dem man gerade den Kopf abgeschlagen hat. Die ganze Trauergemeinde tat es ihm gleich, aus Angst, im Kugelhagel umzukommen. Es gab Geschrei, mehrere leichte Stürze, ein Kind rief Mamma, und jede Menge Gladiolensträuße lagen verstreut am Boden. Inmitten der roten Pracht blieb Juliette allein zurück.

Hippo betrachtete sie durch sein Zielfernrohr. Er sagte sich, für einen Trauertag sei das Ganze irre lustig. Julie-Berthe hätte sicher Beifall geklatscht.

Schlagartig wurde ihm klar, daß er sich am allerliebsten auf die Leiche der jungen Frau gelegt und ihren Körper in Besitz genommen hätte. Er hätte mit ihr schlafen wollen. Wie er es schon einmal gemacht hatte. Er war sicher, er hätte sich selbst übertroffen. Fühlte sich stark. Durch seine

Tat zum Mann geworden. Unangekündigt stieg eine heiße Welle in sein Geschlecht. Und schwappte über. Er schüttelte sich zitternd.

Er kam wieder zu sich, als er seinen unter sich kauernden Schatten betrachtete. Er mußte von dieser Terrasse runter, bevor man ihn entdeckte. Mußte genau das tun, was er sich vorgenommen hatte, nichts anderes, durfte den Kopf nicht verlieren, nicht auf seine Gefühle, seine Empfindsamkeit noch auf die Improvisation vertrauen. Nicht nur, um nicht erwischt zu werden. Vor allem, um wieder zuschlagen zu können. Billy-ze-Kick wird nie erwischt. Jeder Mensch hat doch wohl ein Recht auf seine Lust, oder?

Kommissar Bellanger ging zurück.

Kniete vor Juliette nieder. Sie war schön. Ihre Beine sonnten sich. Wie um all diesem konventionellen Schwarz eine Fratze zu ziehen, trug die hübsche Witwe eine grüne Unterhose. Grün wie Spaniens Blüten.

Der Kommissar nahm seine Brille ab und putzte die Gläser. Als er sie wieder aufsetzte, sah er zu den Sozialtürmen hinüber. Die Gebäude wirkten furchtbar eintönig. Völlig unbewohnt. Taub. Unentzifferbar. Wer hatte den Schuß abgegeben? Von welchem Dach, von welchem Fenster aus?

Er wandte sich zu Juliette und begann sie zu durchsuchen.

Niemand war auf dem Platz. Außer einem kleinen sechsjährigen Karottenkopf – sechs, sechseinhalb –, der auf einem unsichtbaren Pferd davongaloppierte. Ed. Er ritt Jolly Max, ein außergewöhnliches Turnierpferd. Man brauchte nur zu pfeifen und schon war es da. Ed lief zu seinem geliebten Boß. Er hatte seinen Auftrag erfüllt, die Botschaft abgeliefert, und niemand hatte ihn gesehen. Das Spiel ging wieder von vorne los.

Bellanger lockerte die Finger der Toten. Sie waren über

einem Zettel verkrampft. Ihr wißt, was darauf stand, denn Billy-ze-Kick stirbt niemals.

Schon begriff Bellanger nur noch Bahnhof.

Hundertprozentig Bahnhof.

Saint-Félix, Juli–August 1973

MICKEY SPILLANE

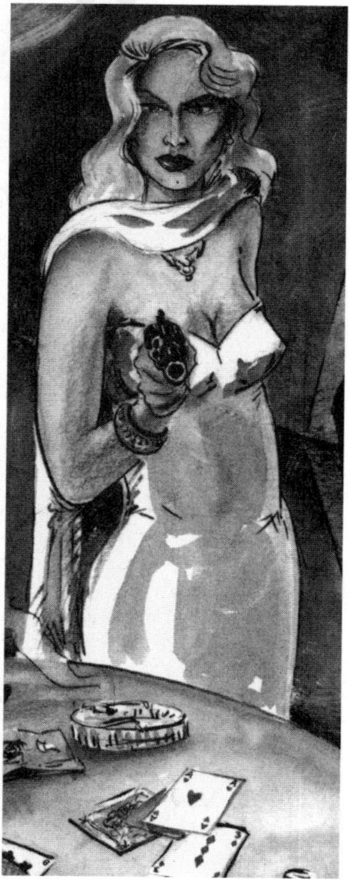

Mickey Spillane
Ich, der Richter
Aus dem Amerikanischen
von Daisy Remus
220 Seiten
Rotbuch Krimi 1048

Mickey Spillane
Jackpot
Aus dem Amerikanischen
von Lisa Kuppler
262 Seiten
Rotbuch Krimi 1069

Mickey Spillane
Die Rache ist mein
Aus dem Amerikanischen
von Lisa Kuppler
256 Seiten
Rotbuch Krimi 1072

Mickey Spillane
Die Töchter der Nacht
Aus dem Amerikanischen
von Lisa Kuppler
297 Seiten
Rotbuch Krimi 1049

Mickey Spillane
Regen in der Nacht
Aus dem Amerikanischen
von Lisa Kuppler
220 Seiten
Rotbuch Krimi 1102